D0711044

Théophile Gautier

La cafetière

et autres
contes fantastiques

Gallimard

Ces contes sont extraits de *La morte amoureuse,*
Avatar et autres récits fantastiques (Folio classique n° 1316).

Théophile Gautier est né à Tarbes en 1811. Après des études à Louis-le-Grand, il rencontre Gérard de Nerval au lycée Charlemagne. D'abord tenté par la peinture, il opte pour la littérature et devient un adepte actif du romantisme. Contemporain de Victor Hugo et de Charles Baudelaire, il est à la fois écrivain, poète, critique d'art et journaliste (souvent par nécessité). Très tôt, il fréquente les salons : le Cénacle d'Hugo, ouvert à toute « l'armée » romantique. Il sera d'ailleurs le plus sonore des défenseurs du romantisme lors de la première d'*Hernani* en 1830. Dans les années 1840, il est un habitué du salon de Delphine de Girardin où se côtoient Lamartine, Balzac, Liszt, George Sand ; puis de celui de Mme Sabatier, avec Flaubert, Baudelaire et Berlioz. Dans les décennies suivantes, il prend ses distances vis-à-vis du romantisme, ayant exprimé dès la préface de *Mademoiselle de Maupin* (1835) son exigence de beauté pure. Chef de file du mouvement des Parnassiens, il travaille longuement ses poèmes, ceux d'*Émaux et camées* (1852), recherchant le « mot-diamant » et les rythmes rares.

Gautier a partagé sa vie avec de nombreuses femmes, maîtresses plus ou moins épisodiques comme Marie Mattei, la « belle Italienne », Eugénie Fort, mère de son fils avec qui il vivra dix ans, et surtout Ernesta Grisi, sa compagne de vingt ans, et qui lui donnera ses deux filles Judith et Estelle.

Féru de voyages, il découvre l'Europe — d'abord la Belgique avec le jeune Nerval, l'Allemagne et l'Italie notamment puis la Russie, et enfin l'Égypte en 1869 pour l'inauguration du canal de Suez. Baudelaire consacre sa célébrité en lui dédiant *Les Fleurs du Mal* en 1857.

Inspiré par les contes d'Hoffmann, Théophile Gautier développe un goût pour le fantastique, l'irrationnel et publie de nombreux récits fantastiques. Il laisse derrière lui une œuvre prolifique dont les romans les plus connus sont *Le roman de la momie* et *Le capitaine Fracasse*. Baudelaire disait de lui qu'il était un écrivain dont « la Muse aime à ressusciter les villes défuntes et à faire redire aux morts rajeunis leurs passions interrompues ». Il meurt à Neuilly-sur-Seine en 1872.

Lisez ou relisez les livres de Théophile Gautier en Folio :

MADEMOISELLE DE MAUPIN (Folio Classique n° 396)

VOYAGE EN ESPAGNE *suivi d'*ESPAÑA (Folio Classique n° 1295)

LA MORTE AMOUREUSE – AVATAR *et autres récits fantastiques* (Folio Classique n° 1316)

ÉMAUX ET CAMÉES (Poésie/Gallimard n° 154)

LE ROMAN DE LA MOMIE (Folio Classique n° 1718)

LE CAPITAINE FRACASSE (Folio Classique n° 3703)

HISTOIRE DU ROMANTISME *suivi de* QUARANTE PORTRAITS ROMANTIQUES (Folio Classique n° 5269)

L'ORIENT (Folio Classique n° 5681)

FORTUNIO – PARTIE CARRÉE – SPIRITE (Folio Classique n° 5682)

LA MILLE ET DEUXIÈME NUIT *et autres contes* (Folio 2€ n° 6160)

La cafetière

CONTE FANTASTIQUE

J'ai vu sous de sombres voiles
   Onze étoiles,
La lune, aussi le soleil,
Me faisant la révérence,
   En silence,
Tout le long de mon sommeil.

La Vision de Jacob.

I

L'année dernière, je fus invité, ainsi que deux de mes camarades d'atelier, Arrigo Cohic et Pedrino Borgnioli, à passer quelques jours dans une terre au fond de la Normandie.

Le temps, qui, à notre départ, promettait d'être superbe, s'avisa de changer tout à coup, et il tomba tant de pluie, que les chemins creux où nous marchions étaient comme le lit d'un torrent.

Nous enfoncions dans la bourbe jusqu'aux genoux, une couche épaisse de terre grasse s'était attachée aux semelles de nos bottes, et par sa pesanteur ralentissait tellement nos pas, que nous n'arrivâmes au lieu de notre destination qu'une heure après le coucher du soleil.

Nous étions harassés ; aussi, notre hôte, voyant les efforts que nous faisions pour comprimer nos bâillements et tenir les yeux ouverts, aussitôt que nous eûmes soupé, nous fit conduire chacun dans notre chambre.

La mienne était vaste ; je sentis, en y entrant, comme un frisson de fièvre, car il me sembla que j'entrais dans un monde nouveau.

En effet, l'on aurait pu se croire au temps de la Régence, à voir les dessus de porte de Boucher représentant les quatre Saisons, les meubles surchargés d'ornements de rocaille du plus mauvais goût, et les trumeaux des glaces sculptés lourdement.

Rien n'était dérangé. La toilette couverte de boîtes à peignes, de houppes à poudrer, paraissait avoir servi la veille. Deux ou trois robes de couleurs changeantes, un éventail semé de paillettes d'argent, jonchaient le parquet bien ciré, et, à mon grand étonnement, une tabatière d'écaille ouverte sur la cheminée était pleine de tabac encore frais.

Je ne remarquai ces choses qu'après que le domestique, déposant son bougeoir sur la table de nuit, m'eut souhaité un bon somme, et, je l'avoue, je commençai à trembler comme la feuille. Je me déshabillai promptement, je me couchai, et, pour en finir avec ces sottes frayeurs, je fermai bientôt les yeux en me tournant du côté de la muraille.

Mais il me fut impossible de rester dans cette position : le lit s'agitait sous moi comme une vague, mes paupières se retiraient violemment en arrière. Force me fut de me retourner et de voir.

Le feu qui flambait jetait des reflets rougeâtres dans l'appartement, de sorte qu'on pouvait sans peine distinguer les personnages de la tapisserie et les figures des portraits enfumés pendus à la muraille.

C'étaient les aïeux de notre hôte, des chevaliers bardés de fer, des conseillers en perruque, et de belles dames au visage fardé et aux cheveux poudrés à blanc, tenant une rose à la main.

Tout à coup le feu prit un étrange degré d'activité ; une lueur blafarde illumina la chambre et je vis clairement que ce que j'avais pris pour de vaines peintures était la réalité ; car les prunelles de ces êtres encadrés remuaient, scintillaient d'une façon singulière ; leurs lèvres s'ouvraient et se fermaient comme des lèvres de gens qui parlent, mais je n'entendais rien que le tic-tac de la pendule et le sifflement de la bise d'automne.

Une terreur insurmontable s'empara de moi, mes cheveux se hérissèrent sur mon front, mes dents s'entre-choquèrent à se briser, une sueur froide inonda tout mon corps.

La pendule sonna onze heures. Le vibrement du dernier coup retentit longtemps, et, lorsqu'il fut éteint tout à fait…

Oh ! non, je n'ose pas dire ce qui arriva, personne ne me croirait, et l'on me prendrait pour un fou.

Les bougies s'allumèrent toutes seules ; le soufflet, sans qu'aucun être visible lui imprimât le mouvement, se prit à souffler le feu, en râlant comme un vieillard asthmatique, pendant que les pincettes fourgonnaient dans les tisons et que la pelle relevait les cendres.

Ensuite une cafetière se jeta en bas d'une table où elle était posée, et se dirigea, clopin-clopant, vers le foyer, où elle se plaça entre les tisons.

Quelques instants après, les fauteuils commencèrent à s'ébranler, et, agitant leurs pieds tortillés d'une manière surprenante, vinrent se ranger autour de la cheminée.

II

Je ne savais que penser de ce que je voyais ; mais ce qui me restait à voir était encore bien plus extraordinaire.

Un des portraits, le plus ancien de tous, celui d'un gros joufflu à barbe grise, ressemblant, à s'y méprendre, à l'idée que je me suis faite du vieux sir John Falstaff, sortit, en grimaçant, la tête de son cadre, et, après de grands efforts, ayant fait passer ses épaules et son ventre rebondi entre les ais étroits de la bordure, sauta lourdement par terre.

Il n'eut pas plutôt pris haleine, qu'il tira de la poche de son pourpoint une clef d'une petitesse remarquable ; il souffla dedans pour s'assurer si la forure était bien nette, et il l'appliqua à tous les cadres les uns après les autres.

Et tous les cadres s'élargirent de façon à laisser passer aisément les figures qu'ils renfermaient.

Petits abbés poupins, douairières sèches et jaunes, magistrats à l'air grave ensevelis dans de grandes robes noires, petits-maîtres en bas de soie, en culotte de prunelle, la pointe de l'épée en haut, tous ces personnages présentaient un spectacle si bizarre, que, malgré ma frayeur, je ne pus m'empêcher de rire.

Ces dignes personnages s'assirent ; la cafetière sauta légèrement sur la table. Ils prirent le café dans des tasses du Japon blanches et bleues, qui accoururent spontanément de dessus un secrétaire, chacune d'elles munie d'un morceau de sucre et d'une petite cuiller d'argent.

Quand le café fut pris, tasses, cafetières et cuillers disparurent à la fois, et la conversation commença, certes la plus curieuse que j'aie jamais ouïe, car aucun de ces étranges causeurs ne regardait l'autre en parlant : ils avaient tous les yeux fixés sur la pendule.

Je ne pouvais moi-même en détourner mes regards et m'empêcher de suivre l'aiguille qui marchait vers minuit à pas imperceptibles.

Enfin, minuit sonna ; une voix, dont le timbre était exactement celui de la pendule, se fit entendre et dit :

« Voici l'heure, il faut danser. »

Toute l'assemblée se leva. Les fauteuils se reculèrent de leur propre mouvement ; alors, chaque cavalier prit la main d'une dame, et la même voix dit :

« Allons, messieurs de l'orchestre, commencez ! »

J'ai oublié de dire que le sujet de la tapisserie était un concerto italien d'un côté, et de l'autre une chasse au cerf où plusieurs valets donnaient du cor. Les piqueurs et les musiciens, qui, jusque-là, n'avaient fait aucun geste, inclinèrent la tête en signe d'adhésion.

Le maestro leva sa baguette, et une harmonie vive et dansante s'élança des deux bouts de la salle. On dansa d'abord le menuet.

Mais les notes rapides de la partition exécutée par les musiciens s'accordaient mal avec ces graves révérences : aussi chaque couple de danseurs, au bout de quelques minutes, se mit à pirouetter comme une toupie d'Allemagne. Les robes de soie des femmes, froissées dans ce tourbillon dansant, rendaient des sons d'une nature particulière ; on aurait dit le bruit d'ailes d'un vol de pigeons. Le vent qui s'engouffrait par-dessous les gonflait prodigieusement, de sorte qu'elles avaient l'air de cloches en branle.

L'archet des virtuoses passait si rapidement sur les cordes, qu'il en jaillissait des étincelles électriques. Les doigts des flûteurs se haussaient et se baissaient comme s'ils eussent été de vif-argent ; les joues des piqueurs étaient enflées comme des ballons, et tout cela formait un déluge de notes et de trilles si pressés et de gammes ascendantes et descendantes si entortillées, si inconcevables, que les démons eux-mêmes n'auraient pu deux minutes suivre une pareille mesure.

Aussi, c'était pitié de voir tous les efforts de ces danseurs pour rattraper la cadence. Ils sautaient, cabriolaient, faisaient des ronds de jambe, des jetés battus et des entrechats de trois pieds de haut, tant que la sueur, leur coulant du front sur les yeux, leur emportait les mouches et le fard. Mais ils avaient beau faire, l'orchestre les devançait toujours de trois ou quatre notes.

La pendule sonna une heure ; ils s'arrêtèrent. Je vis quelque chose qui m'était échappé : une femme qui ne dansait pas.

Elle était assise dans une bergère au coin de la cheminée, et ne paraissait pas le moins du monde prendre part à ce qui se passait autour d'elle.

Jamais, même en rêve, rien d'aussi parfait ne s'était présenté à mes yeux ; une peau d'une blancheur éblouissante, des cheveux d'un blond cendré, de longs cils et des prunelles bleues, si claires et si transparentes, que je voyais son âme à travers aussi distinctement qu'un caillou au fond d'un ruisseau.

Et je sentis que, si jamais il m'arrivait d'aimer quelqu'un, ce serait elle. Je me précipitai hors du lit, d'où jusque-là je n'avais pu bouger, et je me dirigeai vers elle, conduit par quelque chose qui agissait en moi sans que je pusse m'en rendre compte ; et je me trouvai à ses genoux, une de ses

mains dans les miennes, causant avec elle comme si
je l'eusse connue depuis vingt ans.

Mais, par un prodige bien étrange, tout en lui parlant, je marquais d'une oscillation de tête la musique
qui n'avait pas cessé de jouer ; et, quoique je fusse au
comble du bonheur d'entretenir une aussi belle personne, les pieds me brûlaient de danser avec elle.

Cependant je n'osais lui en faire la proposition. Il
paraît qu'elle comprit ce que je voulais, car, levant
vers le cadran de l'horloge la main que je ne tenais
pas :

« Quand l'aiguille sera là, nous verrons, mon
cher Théodore. »

Je ne sais comment cela se fit, je ne fus nulle-
ment surpris de m'entendre ainsi appeler par mon
nom, et nous continuâmes à causer. Enfin, l'heure
indiquée sonna, la voix au timbre d'argent vibra
encore dans la chambre et dit :

« Angéla, vous pouvez danser avec monsieur, si
cela vous fait plaisir, mais vous savez ce qui en résul-
tera.

— N'importe », répondit Angéla d'un ton boudeur.

Et elle passa son bras d'ivoire autour de mon
cou.

« *Prestissimo !* » cria la voix.

Et nous commençâmes à valser. Le sein de la
jeune fille touchait ma poitrine, sa joue veloutée
effleurait la mienne, et son haleine suave flottait sur
ma bouche.

Jamais de la vie je n'avais éprouvé une pareille émotion; mes nerfs tressaillaient comme des ressorts d'acier, mon sang coulait dans mes artères en torrent de lave, et j'entendais battre mon cœur comme une montre accrochée à mes oreilles.

Pourtant cet état n'avait rien de pénible. J'étais inondé d'une joie ineffable et j'aurais toujours voulu demeurer ainsi, et, chose remarquable, quoique l'orchestre eût triplé de vitesse, nous n'avions besoin de faire aucun effort pour le suivre.

Les assistants, émerveillés de notre agilité, criaient bravo, et frappaient de toutes leurs forces dans leurs mains, qui ne rendaient aucun son.

Angéla, qui jusqu'alors avait valsé avec une énergie et une justesse surprenantes, parut tout à coup se fatiguer; elle pesait sur mon épaule comme si les jambes lui eussent manqué; ses petits pieds, qui, une minute auparavant, effleuraient le plancher, ne s'en détachaient que lentement, comme s'ils eussent été chargés d'une masse de plomb.

« Angéla, vous êtes lasse, lui dis-je, reposons-nous.

— Je le veux bien, répondit-elle en s'essuyant le front avec son mouchoir. Mais, pendant que nous valsions, ils se sont tous assis; il n'y a plus qu'un fauteuil, et nous sommes deux.

— Qu'est-ce que cela fait, mon bel ange? je vous prendrai sur mes genoux. »

III

Sans faire la moindre objection, Angéla s'assit, m'entourant de ses bras comme d'une écharpe blanche, cachant sa tête dans mon sein pour se réchauffer un peu, car elle était devenue froide comme un marbre.

Je ne sais pas combien de temps nous restâmes dans cette position, car tous mes sens étaient absorbés dans la contemplation de cette mystérieuse et fantastique créature.

Je n'avais plus aucune idée de l'heure ni du lieu ; le monde réel n'existait plus pour moi, et tous les liens qui m'y attachent étaient rompus ; mon âme, dégagée de sa prison de boue, nageait dans le vague et l'infini ; je comprenais ce que nul homme ne peut comprendre, les pensées d'Angéla se révélant à moi sans qu'elle eût besoin de parler ; car son âme brillait dans son corps comme une lampe d'albâtre, et les rayons partis de sa poitrine perçaient la mienne de part en part.

L'alouette chanta, une lueur pâle se joua sur les rideaux.

Aussitôt qu'Angéla l'aperçut, elle se leva précipitamment, me fit un geste d'adieu, et, après quelques pas, poussa un cri et tomba de sa hauteur.

Saisi d'effroi, je m'élançai pour la relever… Mon sang se fige rien que d'y penser : je ne trouvai rien que la cafetière brisée en mille morceaux.

À cette vue, persuadé que j'avais été le jouet de quelque illusion diabolique, une telle frayeur s'empara de moi, que je m'évanouis.

IV

Lorsque je repris connaissance, j'étais dans mon lit ; Arrigo Cohic et Pedrino Borgnioli se tenaient debout à mon chevet.

Aussitôt que j'eus ouvert les yeux, Arrigo s'écria :

« Ah ! ce n'est pas dommage ! voilà bientôt une heure que je te frotte les tempes d'eau de Cologne. Que diable as-tu fait cette nuit ? Ce matin, voyant que tu ne descendais pas, je suis entré dans ta chambre, et je t'ai trouvé tout du long étendu par terre, en habit à la française, serrant dans tes bras un morceau de porcelaine brisée, comme si c'eût été une jeune et jolie fille.

— Pardieu ! c'est l'habit de noce de mon grand-père, dit l'autre en soulevant une des basques de soie fond rose à ramages verts. Voilà les boutons de strass et de filigrane qu'il nous vantait tant. Théodore l'aura trouvé dans quelque coin et l'aura mis pour s'amuser. Mais à propos de quoi t'es-tu trouvé mal ? ajouta Borgnioli. Cela est bon pour une petite-maîtresse qui a des épaules blanches ; on la délace, on lui ôte ses colliers, son écharpe, et c'est une belle occasion de faire des minauderies.

— Ce n'est qu'une faiblesse qui m'a pris ; je suis sujet à cela », répondis-je sèchement.

Je me levai, je me dépouillai de mon ridicule accoutrement.

Et puis l'on déjeuna.

Mes trois camarades mangèrent beaucoup et burent encore plus ; moi, je ne mangeais presque pas, le souvenir de ce qui s'était passé me causait d'étranges distractions.

Le déjeuner fini, comme il pleuvait à verse, il n'y eut pas moyen de sortir ; chacun s'occupa comme il put. Borgnioli tambourina des marches guerrières sur les vitres ; Arrigo et l'hôte firent une partie de dames ; moi, je tirai de mon album un carré de vélin, et je me mis à dessiner.

Les linéaments presque imperceptibles tracés par mon crayon, sans que j'y eusse songé le moins du monde, se trouvèrent représenter avec la plus merveilleuse exactitude la cafetière qui avait joué un rôle si important dans les scènes de la nuit.

« C'est étonnant comme cette tête ressemble à ma sœur Angéla, dit l'hôte », qui, ayant terminé sa partie, me regardait travailler par-dessus mon épaule.

En effet, ce qui m'avait semblé tout à l'heure une cafetière était bien réellement le profil doux et mélancolique d'Angéla.

« De par tous les saints du paradis ! est-elle morte ou vivante ? » m'écriai-je d'un ton de voix tremblant, comme si ma vie eût dépendu de sa réponse.

« Elle est morte, il y a deux ans, d'une fluxion de poitrine à la suite d'un bal.

— Hélas ! » répondis-je douloureusement.

Et, retenant une larme qui était près de tomber, je replaçai le papier dans l'album.

Je venais de comprendre qu'il n'y avait plus pour moi de bonheur sur la terre !

La morte amoureuse

Vous me demandez, frère, si j'ai aimé ; oui. C'est une histoire singulière et terrible, et, quoique j'aie soixante-six ans, j'ose à peine remuer la cendre de ce souvenir. Je ne veux rien vous refuser, mais je ne ferais pas à une âme moins éprouvée un pareil récit. Ce sont des événements si étranges, que je ne puis croire qu'ils me soient arrivés. J'ai été pendant plus de trois ans le jouet d'une illusion singulière et diabolique. Moi, pauvre prêtre de campagne, j'ai mené en rêve toutes les nuits (Dieu veuille que ce soit un rêve !) une vie de damné, une vie de mondain et de Sardanapale. Un seul regard trop plein de complaisance jeté sur une femme pensa causer la perte de mon âme ; mais enfin, avec l'aide de Dieu et de mon saint patron, je suis parvenu à chasser l'esprit malin qui s'était emparé de moi. Mon existence s'était compliquée d'une existence nocturne entièrement différente. Le jour, j'étais un prêtre du Seigneur, chaste, occupé de la prière et des choses saintes ; la nuit, dès que j'avais fermé les yeux, je devenais un jeune seigneur, fin connaisseur en femmes, en chiens et en chevaux, jouant aux dés, buvant et blasphémant ; et lorsqu'au lever de l'aube je me réveillais, il me semblait au contraire que je m'endormais et que je rêvais que j'étais prêtre. De cette vie somnambulique il m'est resté des souvenirs d'objets et de mots dont je ne puis pas me défendre, et, quoique je ne sois jamais sorti des murs de mon presbytère, on dirait plutôt, à m'entendre, un homme ayant usé de tout et revenu du monde, qui est entré en religion et qui veut finir dans le sein de Dieu des jours trop agités, qu'un humble séminariste qui a vieilli dans une cure ignorée, au fond d'un bois et sans aucun rapport avec les choses du siècle.

Oui, j'ai aimé comme personne au monde n'a aimé, d'un amour insensé et furieux, si violent que je suis étonné qu'il n'ait pas fait éclater mon cœur. Ah ! quelles nuits ! quelles nuits !

Dès ma plus tendre enfance, je m'étais senti de la vocation pour l'état de prêtre ; aussi toutes mes études furent-elles dirigées dans ce sens-là, et ma vie, jusqu'à vingt-quatre ans, ne fut-elle qu'un long noviciat. Ma théologie achevée, je passai successivement par tous les petits ordres, et mes supérieurs me jugèrent digne, malgré ma grande jeunesse, de franchir le dernier et redoutable degré. Le jour de mon ordination fut fixé à la semaine de Pâques.

Je n'étais jamais allé dans le monde ; le monde, c'était pour moi l'enclos du collège et du séminaire.

Je savais vaguement qu'il y avait quelque chose que l'on appelait femme, mais je n'y arrêtais pas ma pensée ; j'étais d'une innocence parfaite. Je ne voyais ma mère vieille et infirme que deux fois l'an. C'étaient là toutes mes relations avec le dehors.

Je ne regrettais rien, je n'éprouvais pas la moindre hésitation devant cet engagement irrévocable ; j'étais plein de joie et d'impatience. Jamais jeune fiancé n'a compté les heures avec une ardeur plus fiévreuse ; je n'en dormais pas, je rêvais que je disais la messe ; être prêtre, je ne voyais rien de plus beau au monde : j'aurais refusé d'être roi ou poète. Mon ambition ne concevait pas au-delà.

Ce que je dis là est pour vous montrer combien ce qui m'est arrivé ne devait pas m'arriver, et de quelle fascination inexplicable j'ai été la victime.

Le grand jour venu, je marchai à l'église d'un pas si léger, qu'il me semblait que je fusse soutenu en l'air ou que j'eusse des ailes aux épaules. Je me croyais un ange, et je m'étonnais de la physionomie sombre et préoccupée de mes compagnons ; car nous étions plusieurs. J'avais passé la nuit en prières, et j'étais dans un état qui touchait presque à l'extase. L'évêque, vieillard vénérable, me paraissait Dieu le Père penché sur son éternité, et je voyais le ciel à travers les voûtes du temple.

Vous savez les détails de cette cérémonie : la bénédiction, la communion sous les deux espèces, l'onction de la paume des mains avec l'huile des catéchumènes, et enfin le saint sacrifice offert de

concert avec l'évêque. Je ne m'appesantirai pas sur
cela. Oh ! que Job a raison, et que celui-là est impru-
dent qui ne conclut pas un pacte avec ses yeux ! Je
levai par hasard ma tête, que j'avais jusque-là tenue
inclinée, et j'aperçus devant moi, si près que j'aurais
pu la toucher, quoique en réalité elle fût à une
assez grande distance et de l'autre côté de la balus-
trade, une jeune femme d'une beauté rare et vêtue
avec une magnificence royale. Ce fut comme si des
écailles me tombaient des prunelles. J'éprouvai la
sensation d'un aveugle qui recouvrerait subitement
la vue. L'évêque, si rayonnant tout à l'heure, s'éteignit tout à coup, les cierges pâlirent sur leurs chan-
deliers d'or comme les étoiles au matin, et il se fit
par toute l'église une complète obscurité. La charmante créature se détachait sur ce fond d'ombre
comme une révélation angélique ; elle semblait
éclairée d'elle-même et donner le jour plutôt que le
recevoir.

Je baissai la paupière, bien résolu à ne plus la
relever pour me soustraire à l'influence des objets
extérieurs ; car la distraction m'envahissait de plus
en plus, et je savais à peine ce que je faisais.

Une minute après, je rouvris les yeux, car à travers mes cils je la voyais étincelante des couleurs du
prisme, et dans une pénombre pourprée comme
lorsqu'on regarde le soleil.

Oh ! comme elle était belle ! Les plus grands
peintres, lorsque, poursuivant dans le ciel la beauté
idéale, ils ont rapporté sur la terre le divin portrait

de la Madone, n'approchent même pas de cette
fabuleuse réalité. Ni les vers du poète ni la palette
du peintre n'en peuvent donner une idée. Elle était
assez grande, avec une taille et un port de déesse ;
ses cheveux, d'un blond doux, se séparaient sur le
haut de sa tête et coulaient sur ses tempes comme
deux fleuves d'or ; on aurait dit une reine avec son
diadème ; son front, d'une blancheur bleuâtre et
transparente, s'étendait large et serein sur les arcs
de deux cils presque bruns, singularité qui ajoutait
encore à l'effet de prunelles vert de mer d'une vivacité et d'un éclat insoutenables. Quels yeux ! avec
un éclair ils décidaient de la destinée d'un homme ;
ils avaient une vie, une limpidité, une ardeur, une
humidité brillante que je n'ai jamais vues à un œil
humain ; il s'en échappait des rayons pareils à des
flèches et que je voyais distinctement aboutir à mon
cœur. Je ne sais si la flamme qui les illuminait venait
du ciel ou de l'enfer, mais à coup sûr elle venait de
l'un ou de l'autre. Cette femme était un ange ou un
démon, et peut-être tous les deux ; elle ne sortait
certainement pas du flanc d'Ève, la mère com-
mune. Des dents du plus bel orient scintillaient
dans son rouge sourire, et de petites fossettes se
creusaient à chaque inflexion de sa bouche dans le
satin rose de ses adorables joues. Pour son nez, il
était d'une finesse et d'une fierté toute royale, et
décelait la plus noble origine. Des luisants d'agate
jouaient sur la peau unie et lustrée de ses épaules à
demi découvertes, et des rangs de grosses perles

blondes, d'un ton presque semblable à son cou, lui descendaient sur la poitrine. De temps en temps elle redressait sa tête avec un mouvement onduleux de couleuvre ou de paon qui se rengorge, et imprimait un léger frisson à la haute fraise brodée à jour qui l'entourait comme un treillis d'argent.

Elle portait une robe de velours nacarat, et de ses larges manches doublées d'hermine sortaient des mains patriciennes d'une délicatesse infinie, aux doigts longs et potelés, et d'une si idéale transparence qu'ils laissaient passer le jour comme ceux de l'Aurore.

Tous ces détails me sont encore aussi présents que s'ils dataient d'hier, et, quoique je fusse dans un trouble extrême, rien ne m'échappait : la plus légère nuance, le petit point noir au coin du menton, l'imperceptible duvet aux commissures des lèvres, le velouté du front, l'ombre tremblante des cils sur les joues, je saisissais tout avec une lucidité étonnante.

À mesure que je la regardais, je sentais s'ouvrir dans moi des portes qui jusqu'alors avaient été fermées ; des soupiraux obstrués se débouchaient dans tous les sens et laissaient entrevoir des perspectives inconnues ; la vie m'apparaissait sous un aspect tout autre ; je venais de naître à un nouvel ordre d'idées. Une angoisse effroyable me tenaillait le cœur ; chaque minute qui s'écoulait me semblait une seconde et un siècle. La cérémonie avançait cependant, et j'étais emporté bien loin du monde dont mes désirs naissants assiégeaient furieusement l'entrée. Je dis oui cependant, lorsque je voulais dire non, lorsque tout en moi se révoltait et protestait contre la violence que ma langue faisait à mon âme : une force occulte m'arrachait malgré moi les mots du gosier. C'est là peut-être ce qui fait que tant de jeunes filles marchent à l'autel avec la ferme résolution de refuser d'une manière éclatante l'époux qu'on leur impose, et que pas une seule n'exécute son projet. C'cst là sans doute ce qui fait que tant de pauvres novices prennent le voile, quoique bien décidées à le déchirer en pièces au moment de prononcer leurs vœux. On n'osc causer un tel scandale devant tout le monde ni tromper l'attente de tant de personnes ; toutes ces volontés, tous ces regards semblent peser sur vous comme une chape de plomb ; et puis les mesures sont si bien prises, tout est si bien réglé à l'avance, d'une façon si évidemment irrévocable, que la pensée cède au poids de la chose et s'affaisse complètement.

Le regard de la belle inconnue changeait d'expression selon le progrès de la cérémonie. De tendre et caressant qu'il était d'abord, il prit un air de dédain et de mécontentement comme de ne pas avoir été compris.

Je fis un effort suffisant pour arracher une montagne, pour m'écrier que je ne voulais pas être prêtre ; mais je ne pus en venir à bout ; ma langue resta clouée à mon palais, et il me fut impossible de traduire ma volonté par le plus léger mouvement négatif. J'étais, tout éveillé, dans un état pareil à celui du cauchemar, où l'on veut crier un mot dont votre vie dépend, sans en pouvoir venir à bout.

Elle parut sensible au martyre que j'éprouvais, et, comme pour m'encourager, elle me lança une œillade pleine de divines promesses. Ses yeux étaient un poème dont chaque regard formait un chant.

Elle me disait:

« Si tu veux être à moi, je te ferai plus heureux que Dieu lui-même dans son paradis; les anges te jalouseront. Déchire ce funèbre linceul où tu vas t'envelopper; je suis la beauté, je suis la jeunesse, je suis la vie; viens à moi, nous serons l'amour. Que pourrait t'offrir Jéhovah pour compensation? Notre existence coulera comme un rêve et ne sera qu'un baiser éternel.

« Répands le vin de ce calice, et tu es libre. Je t'emmènerai vers les îles inconnues; tu dormiras sur mon sein, dans un lit d'or massif et sous un pavillon d'argent; car je t'aime et je veux te prendre à ton Dieu, devant qui tant de nobles cœurs répandent des flots d'amour qui n'arrivent pas jusqu'à lui. »

Il me semblait entendre ces paroles sur un rythme d'une douceur infinie, car son regard avait presque de la sonorité, et les phrases que ses yeux m'envoyaient retentissaient au fond de mon cœur comme si une bouche invisible les eût soufflées dans mon âme. Je me sentais prêt à renoncer à

Dieu, et cependant mon cœur accomplissait machi-
nalement les formalités de la cérémonie. La belle
me jeta un second coup d'œil si suppliant, si désespéré, que des lames acérées me traversèrent le
cœur, que je me sentis plus de glaives dans la poitrine que la mère de douleurs.

C'en était fait, j'étais prêtre.

Jamais physionomie humaine ne peignit une
angoisse aussi poignante ; la jeune fille qui voit
tomber son fiancé mort subitement à côté d'elle,
la mère auprès du berceau vide de son enfant, Ève
assise sur le seuil de la porte du paradis, l'avare
qui trouve une pierre à la place de son trésor, le
poète qui a laissé rouler dans le feu le manuscrit
unique de son plus bel ouvrage, n'ont point un air
plus atterré et plus inconsolable. Le sang aban-
donna complètement sa charmante figure, et elle
devint d'une blancheur de marbre ; ses beaux bras
tombèrent le long de son corps, comme si les
muscles en avaient été dénoués, et elle s'appuya
contre un pilier, car ses jambes fléchissaient et se
dérobaient sous elle. Pour moi, livide, le front
inondé d'une sueur plus sanglante que celle du
Calvaire, je me dirigeai en chancelant vers la porte
de l'église ; j'étouffais ; les voûtes s'aplatissaient sur
mes épaules, et il me semblait que ma tête soute-
nait seule tout le poids de la coupole.

Comme j'allais franchir le seuil, une main
s'empara brusquement de la mienne ; une main de
femme ! Je n'en avais jamais touché. Elle était froide

comme la peau d'un serpent, et l'empreinte m'en resta brûlante comme la marque d'un fer rouge. C'était elle. « Malheureux ! malheureux ! qu'as-tu fait ? » me dit-elle à voix basse ; puis elle disparut dans la foule.

Le vieil évêque passa ; il me regarda d'un air sévère. Je faisais la plus étrange contenance du monde ; je pâlissais, je rougissais, j'avais des éblouissements. Un de mes camarades eut pitié de moi, il me prit et m'emmena ; j'aurais été incapable de retrouver tout seul le chemin du séminaire. Au détour d'une rue, pendant que le jeune prêtre tournait la tête d'un autre côté, un page nègre, bizarrement vêtu, s'approcha de moi, et me remit, sans s'arrêter dans sa course, un petit portefeuille à coins d'or ciselés, en me faisant signe de le cacher ; je le fis glisser dans ma manche et l'y tins jusqu'à ce que je fusse seul dans ma cellule. Je fis sauter le fermoir, il n'y avait que deux feuilles avec ces mots : « Clarimonde, au palais Concini. » J'étais alors si peu au courant des choses de la vie, que je ne connaissais pas Clarimonde, malgré sa célébrité, et que j'ignorais complètement où était situé le palais Concini. je fis mille conjectures, plus extravagantes les unes que les autres ; mais à la vérité, pourvu que je pusse la revoir, j'étais fort peu inquiet de ce qu'elle pouvait être, grande dame ou courtisane.

Cet amour né tout à l'heure s'était indestructiblement enraciné ; je ne songeai même pas à essayer de l'arracher, tant je sentais que c'était là

chose impossible. Cette femme s'était complètement emparée de moi, un seul regard avait suffi
pour me changer ; elle m'avait soufflé sa volonté ;
je ne vivais plus dans moi, mais dans elle et par
elle. Je faisais mille extravagances, je baisais sur ma
main la place qu'elle avait touchée, et je répétais
son nom des heures entières. Je n'avais qu'à fer-
mer les yeux pour la voir aussi distinctement que si
elle eût été présente en réalité, et je me redisais ces
mots, qu'elle m'avait dits sous le portail de l'église :
« Malheureux ! malheureux ! qu'as-tu fait ? » Je
comprenais toute l'horreur de ma situation, et les
côtés funèbres et terribles de l'état que je venais
d'embrasser se révélaient clairement à moi. Être
prêtre ! c'est-à-dire chaste, ne pas aimer, ne distinguer ni le sexe ni l'âge, se détourner de toute
beauté, se crever les yeux, ramper sous l'ombre
glaciale d'un cloître ou d'une église, ne voir que
des mourants, veiller auprès de cadavres inconnus
et porter soi-même son deuil sur sa soutane noire,
de sorte que l'on peut faire de votre habit un drap
pour votre cercueil !

Et je sentais la vie monter en moi comme un lac
intérieur qui s'enfle et qui déborde ; mon sang bat-
tait avec force dans mes artères ; ma jeunesse, si
longtemps comprimée, éclatait tout d'un coup
comme l'aloès qui met cent ans à fleurir et qui éclôt
avec un coup de tonnerre.

Comment faire pour revoir Clarimonde ? Je
n'avais aucun prétexte pour sortir du séminaire, ne

connaissant personne dans la ville ; je n'y devais même pas rester, et j'y attendais seulement que l'on me désignât la cure que je devais occuper. J'essayai de desceller les barreaux de la fenêtre ; mais elle était à une hauteur effrayante, et n'ayant pas d'échelle, il n'y fallait pas penser. Et d'ailleurs je ne pouvais descendre que de nuit ; et comment me serais-je conduit dans l'inextricable dédale des rues ? Toutes ces difficultés, qui n'eussent rien été pour d'autres, étaient immenses pour moi, pauvre séminariste, amoureux d'hier, sans expérience, sans argent et sans habits.

Ah ! si je n'eusse pas été prêtre, j'aurais pu la voir tous les jours ; j'aurais été son amant, son époux, me disais-je dans mon aveuglement ; au lieu d'être enveloppé dans mon triste suaire, j'aurais des habits de soie et de velours, des chaînes d'or, une épée et des plumes comme les beaux jeunes cavaliers. Mes cheveux, au lieu d'être déshonorés par une large tonsure, se joueraient autour de mon cou en boucles ondoyantes. J'aurais une belle moustache cirée, je serais un vaillant. Mais une heure passée devant un autel, quelques paroles à peine articulées, me retranchaient à tout jamais du nombre des vivants, et j'avais scellé moi-même la pierre de mon tombeau, j'avais poussé de ma main le verrou de ma prison !

Je me mis à la fenêtre. Le ciel était admirablement bleu, les arbres avaient mis leur robe de printemps ; la nature faisait parade d'une joie ironique.

La place était pleine de monde ; les uns allaient, les autres venaient ; de jeunes muguets et de jeunes beautés, couple par couple, se dirigeaient du côté du jardin et des tonnelles. Des compagnons passaient en chantant des refrains à boire ; c'était un mouvement, une vie, un entrain, une gaieté qui faisaient péniblement ressortir mon deuil et ma solitude. Une jeune mère, sur le pas de la porte, jouait avec son enfant ; elle baisait sa petite bouche rose, encore emperlée de gouttes de lait, et lui faisait, en l'agaçant, mille de ces divines puérilités que les mères seules savent trouver. Le père, qui se tenait debout à quelque distance, souriait doucement à ce charmant groupe, et ses bras croisés pressaient sa joie sur son cœur. Je ne pus supporter ce spectacle ; je fermai la fenêtre, et je me jetai sur mon lit avec une haine et une jalousie effroyables dans le cœur, mordant mes doigts et ma couverture comme un tigre à jeun depuis trois jours.

Je ne sais pas combien de jours je restai ainsi ; mais, en me retournant dans un mouvement de spasme furieux, j'aperçus l'abbé Sérapion qui se tenait debout au milieu de la chambre et qui me considérait attentivement. J'eus honte de moi-même, et, laissant tomber ma tête sur ma poitrine, je voilai mes yeux avec mes mains.

« Romuald, mon ami, il se passe quelque chose d'extraordinaire en vous, me dit Sérapion au bout de quelques minutes de silence ; votre conduite est vraiment inexplicable ! Vous, si pieux, si calme et si

doux, vous vous agitez dans votre cellule comme
une bête fauve. Prenez garde, mon frère, et n'écou-
tez pas les suggestions du diable ; l'esprit malin,
irrité de ce que vous vous êtes à tout jamais consacré
au Seigneur, rôde autour de vous comme un loup
ravissant et fait un dernier effort pour vous attirer à
lui. Au lieu de vous laisser abattre, mon cher
Romuald, faites-vous une cuirasse de prières, un
bouclier de mortifications, et combattez vaillam-
ment l'ennemi ; vous le vaincrez. L'épreuve est
nécessaire à la vertu et l'or sort plus fin de la cou-
pelle. Ne vous effrayez ni ne vous découragez ; les
âmes les mieux gardées et les plus affermies ont eu
de ces moments. Priez, jeûnez, méditez, et le mauvais esprit se retirera. »

Le discours de l'abbé Sérapion me fit rentrer en
moi-même, et je devins un peu plus calme. « Je
venais vous annoncer votre nomination à la cure de
C*** ; le prêtre qui la possédait vient de mourir, et
monseigneur l'évêque m'a chargé d'aller vous y ins-
taller ; soyez prêt pour demain. » Je répondis d'un
signe de tête que je le serais, et l'abbé se retira.
J'ouvris mon missel, et je commençai à lire des
prières ; mais ces lignes se confondirent bientôt
sous mes yeux ; le fil des idées s'enchevêtra dans
mon cerveau, et le volume me glissa des mains sans
que j'y prisse garde.

Partir demain sans l'avoir revue ! ajouter encore
une impossibilité à toutes celles qui étaient déjà
entre nous ! perdre à tout jamais l'espérance de la

rencontrer, à moins d'un miracle ! Lui écrire ? par
qui ferais-je parvenir ma lettre ? Avec le sacré caractère dont j'étais revêtu, à qui s'ouvrir, se fier ?
J'éprouvais une anxiété terrible. Puis, ce que l'abbé
Sérapion m'avait dit des artifices du diable me revenait en mémoire ; l'étrangeté de l'aventure, la
beauté surnaturelle de Clarimonde, l'éclat phos-
phorique de ses yeux, l'impression brûlante de sa
main, le trouble où elle m'avait jeté, le changement
subit qui s'était opéré en moi, ma piété évanouie
en un instant, tout cela prouvait clairement la présence du diable, et cette main satinée n'était peut-
être que le gant dont il avait recouvert sa griffe. Ces
idées me jetèrent dans une grande frayeur, je
ramassai le missel qui de mes genoux était roulé à
terre, et je me remis en prières.

Le lendemain, Sérapion me vint prendre ; deux
mules nous attendaient à la porte, chargées de nos
maigres valises ; il monta l'une et moi l'autre tant
bien que mal. Tout en parcourant les rues de la
ville, je regardais à toutes les fenêtres et à tous les
balcons si je ne verrais pas Clarimonde ; mais il était
trop matin, et la ville n'avait pas encore ouvert les
yeux. Mon regard tâchait de plonger derrière les
stores et à travers les rideaux de tous les palais
devant lesquels nous passions. Sérapion attribuait
sans doute cette curiosité à l'admiration que me
causait la beauté de l'architecture, car il ralentissait
le pas de sa monture pour me donner le temps de
voir. Enfin nous arrivâmes à la porte de la ville et

nous commençâmes à gravir la colline. Quand je fus tout en haut, je me retournai pour regarder une fois encore les lieux où vivait Clarimonde. L'ombre d'un nuage couvrait entièrement la ville ; ses toits bleus et rouges étaient confondus dans une demi-teinte générale, où surnageaient çà et là, comme de blancs flocons d'écume, les fumées du matin. Par un singulier effet d'optique, se dessinait, blond et doré sous un rayon unique de lumière, un édifice qui surpassait en hauteur les constructions voisines, complètement noyées dans la vapeur ; quoiqu'il fût à plus d'une lieue, il paraissait tout proche. On en distinguait les moindres détails, les tourelles, les plates-formes, les croisées, et jusqu'aux girouettes en queue d'aronde.

« Quel est donc ce palais que je vois tout là-bas éclairé d'un rayon du soleil ? » demandai-je à Sérapion. Il mit sa main au-dessus de ses yeux, et, ayant regardé, il me répondit : « C'est l'ancien palais que le prince Concini a donné à la courtisane Clarimonde ; il s'y passe d'épouvantables choses. »

En ce moment, je ne sais encore si c'est une réalité ou une illusion, je crus voir y glisser sur la terrasse une forme svelte et blanche qui étincela une seconde et s'éteignit. C'était Clarimonde !

Oh ! savait-elle qu'à cette heure, du haut de cet âpre chemin qui m'éloignait d'elle, et que je ne devais plus redescendre, ardent et inquiet, je couvais de l'œil le palais qu'elle habitait, et qu'un jeu dérisoire de lumière semblait rapprocher de moi,

comme pour m'inviter à y entrer en maître ? Sans
doute, elle le savait, car son âme était trop sympathi-
quement liée à la mienne pour n'en point ressentir
les moindres ébranlements, et c'était ce sentiment
qui l'avait poussée, encore enveloppée de ses voiles
de nuit, à monter sur le haut de la terrasse, dans la
glaciale rosée du matin.

L'ombre gagna le palais, et ce ne fut plus qu'un
océan immobile de toits et de combles où l'on ne
distinguait rien qu'une ondulation montueuse.
Sérapion toucha sa mule, dont la mienne prit aussitôt l'allure, et un coude du chemin me déroba pour
toujours la ville de S…, car je n'y devais pas revenir.
Au bout de trois journées de route par des cam-
pagnes assez tristes, nous vîmes poindre à travers les
arbres le coq du clocher de l'église que je devais
desservir ; et, après avoir suivi quelques rues tor-
tueuses bordées de chaumières et de courtils, nous
nous trouvâmes devant la façade, qui n'était pas
d'une grande magnificence. Un porche orné de
quelques nervures et de deux ou trois piliers de grès
grossièrement taillés, un toit en tuiles et des contre-
forts du même grès que les piliers, c'était tout : à
gauche le cimetière tout plein de hautes herbes,
avec une grande croix de fer au milieu ; à droite et
dans l'ombre de l'église, le presbytère. C'était une
maison d'une simplicité extrême et d'une propreté
aride. Nous entrâmes ; quelques poules picotaient
sur la terre de rares grains d'avoine ; accoutumées
apparemment à l'habit noir des ecclésiastiques,

elles ne s'effarouchèrent point de notre présence et
se dérangèrent à peine pour nous laisser passer. Un
aboi éraillé et enroué se fit entendre, et nous vîmes
accourir un vieux chien.

C'était le chien de mon prédécesseur. Il avait
l'œil terne, le poil gris et tous les symptômes de la
plus haute vieillesse où puisse atteindre un chien.
Je le flattai doucement de la main, et il se mit aussitôt à marcher à côté de moi avec un air de satisfac-
tion inexprimable. Une femme assez âgée, et qui
avait été la gouvernante de l'ancien curé, vint aussi
à notre rencontre, et, après m'avoir fait entrer dans
une salle basse, me demanda si mon intention était
de la garder. Je lui répondis que je la garderais, elle
et le chien, et aussi les poules, et tout le mobilier
que son maître lui avait laissé à sa mort, ce qui la
fit entrer dans un transport de joie, l'abbé Sérapion lui ayant donné sur-le-champ le prix qu'elle
en voulait.

Mon installation faite, l'abbé Sérapion retourna
au séminaire. Je demeurai donc seul et sans autre
appui que moi-même. La pensée de Clarimonde
recommença à m'obséder, et, quelques efforts que
je fisse pour la chasser, je n'y parvenais pas toujours. Un soir, en me promenant dans les allées
bordées de buis de mon petit jardin, il me sembla
voir à travers la charmille une forme de femme qui
suivait tous mes mouvements, et entre les feuilles
étinceler les deux prunelles vert de mer; mais ce
n'était qu'une illusion, et, ayant passé de l'autre

côté de l'allée, je n'y trouvai rien qu'une trace de
pied sur le sable, si petit qu'on eût dit un pied
d'enfant. Le jardin était entouré de murailles très
hautes ; j'en visitai tous les coins et recoins, il n'y
avait personne. Je n'ai jamais pu m'expliquer cette
circonstance qui, du reste, n'était rien à côté des
étranges choses qui me devaient arriver. Je vivais
ainsi depuis un an, remplissant avec exactitude tous
les devoirs de mon état, priant, jeûnant, exhortant
et secourant les malades, faisant l'aumône jusqu'à
me retrancher les nécessités les plus indispen-
sables. Mais je sentais au-dedans de moi une aridité
extrême, et les sources de la grâce m'étaient fermées. Je ne jouissais pas de ce bonheur que donne
l'accomplissement d'une sainte mission ; mon idée
était ailleurs, et les paroles de Clarimonde me reve-
naient souvent sur les lèvres comme une espèce de
refrain involontaire. Ô frère, méditez bien ceci !
Pour avoir levé une seule fois le regard sur une
femme, pour une faute en apparence si légère, j'ai
éprouvé pendant plusieurs années les plus misé-
rables agitations : ma vie a été troublée à tout
jamais.

Je ne vous retiendrai pas plus longtemps sur ces
défaites et sur ces victoires intérieures toujours sui-
vies de rechutes plus profondes, et je passerai sur-
le-champ à une circonstance décisive. Une nuit l'on
sonna violemment à ma porte. La vieille gouvernante alla ouvrir, et un homme au teint cuivré et
richement vêtu, mais selon une mode étrangère,

avec un long poignard, se dessina sous les rayons de
la lanterne de Barbara. Son premier mouvement
fut la frayeur ; mais l'homme la rassura, et lui dit
qu'il avait besoin de me voir sur-le-champ pour
quelque chose qui concernait mon ministère. Barbara le fit monter. J'allais me mettre au lit.
L'homme me dit que sa maîtresse, une très grande
dame, était à l'article de la mort et désirait un
prêtre. Je répondis que j'étais prêt à le suivre ; je
pris avec moi ce qu'il fallait pour l'extrême-onction
et je descendis en toute hâte. À la porte piaffaient
d'impatience deux chevaux noirs comme la nuit, et
soufflant sur leur poitrail deux longs flots de fumée.
Il me tint l'étrier et m'aida à monter sur l'un, puis il
sauta sur l'autre en appuyant seulement une main
sur le pommeau de la selle. Il serra les genoux et
lâcha les guides à son cheval qui partit comme la
flèche. Le mien, dont il tenait la bride, prit aussi le
galop et se maintint dans une égalité parfaite. Nous
dévorions le chemin ; la terre filait sous nous grise
et rayée, et les silhouettes noires des arbres
s'enfuyaient comme une armée en déroute. Nous
traversâmes une forêt d'un sombre si opaque et si
glacial, que je me sentis courir sur la peau un frisson de superstitieuse terreur. Les aigrettes d'étincelles que les fers de nos chevaux arrachaient aux
cailloux laissaient sur notre passage comme une
traînée de feu, et si quelqu'un, à cette heure de
nuit, nous eût vus, mon conducteur et moi, il nous
eût pris pour deux spectres à cheval sur le

cauchemar. Des feux follets traversaient de temps
en temps le chemin, et les choucas piaulaient piteu-
sement dans l'épaisseur du bois où brillaient de
loin en loin les yeux phosphoriques de quelques
chats sauvages. La crinière des chevaux s'échevelait
de plus en plus, la sueur ruisselait sur leurs flancs,
et leur haleine sortait bruyante et pressée de leurs
narines. Mais, quand il les voyait faiblir, l'écuyer
pour les ranimer poussait un cri guttural qui n'avait
rien d'humain, et la course recommençait avec
furie. Enfin le tourbillon s'arrêta ; une masse noire
piquée de quelques points brillants se dressa subitement devant nous ; les pas de nos montures son-
nèrent plus bruyants sur un plancher ferré, et nous
entrâmes sous une voûte qui ouvrait sa gueule
sombre entre deux énormes tours. Une grande agi-
tation régnait dans le château ; des domestiques
avec des torches à la main traversaient les cours en
tous sens, et des lumières montaient et descendaient de palier en palier. J'entrevis confusément
d'immenses architectures, des colonnes, des
arcades, des perrons et des rampes, un luxe de
construction tout à fait royal et féerique. Un page
nègre, le même qui m'avait donné les tablettes de
Clarimonde et que je reconnus à l'instant, me vint
aider à descendre, et un majordome, vêtu de
velours noir avec une chaîne d'or au col et une
canne d'ivoire à la main, s'avança au-devant de
moi. De grosses larmes débordaient de ses yeux et
coulaient le long de ses joues sur sa barbe blanche.

« Trop tard ! fit-il en hochant la tête, trop tard ! seigneur prêtre ; mais, si vous n'avez pu sauver l'âme,
venez veiller le pauvre corps. » Il me prit par le bras
et me conduisit à la salle funèbre ; je pleurais aussi
fort que lui, car j'avais compris que la morte n'était
autre que cette Clarimonde tant et si follement
aimée. Un prie-Dieu était disposé à côté du lit ; une
flamme bleuâtre voltigeant sur une patère de
bronze jetait par toute la chambre un jour faible et
douteux, et çà et là faisait papilloter dans l'ombre
quelque arête saillante de meuble ou de corniche.
Sur la table, dans une urne ciselée, trempait une
rose blanche fanée dont les feuilles, à l'exception
d'une seule qui tenait encore, étaient toutes tom-
bées au pied du vase comme des larmes odorantes ;
un masque noir brisé, un éventail, des déguise-
ments de toute espèce, traînaient sur les fauteuils et
faisaient voir que la mort était arrivée dans cette
somptueuse demeure à l'improviste et sans se faire
annoncer. Je m'agenouillai sans oser jeter les yeux
sur le lit, et je me mis à réciter les psaumes avec une
grande ferveur, remerciant Dieu qu'il eût mis la
tombe entre l'idée de cette femme et moi, pour
que je pusse ajouter à mes prières son nom désormais sanctifié. Mais peu à peu cet élan se ralentit, et
je tombai en rêverie. Cette chambre n'avait rien
d'une chambre de mort. Au lieu de l'air fétide et
cadavéreux que j'étais accoutumé à respirer en ces
veilles funèbres, une langoureuse fumée d'essences
orientales, je ne sais quelle amoureuse odeur de

femme, nageait doucement dans l'air attiédi. Cette
pâle lueur avait plutôt l'air d'un demi-jour ménagé
pour la volupté que de la veilleuse au reflet jaune
qui tremblote près des cadavres. Je songeais au singulier hasard qui m'avait fait retrouver Clarimonde
au moment où je la perdais pour toujours, et un
soupir de regret s'échappa de ma poitrine. Il me
sembla qu'on avait soupiré aussi derrière moi, et je
me retournai involontairement. C'était l'écho.
Dans ce mouvement, mes yeux tombèrent sur le lit
de parade qu'ils avaient jusqu'alors évité. Les
rideaux de damas rouge à grandes fleurs, relevés
par des torsades d'or, laissaient voir la morte cou-
chée tout de son long et les mains jointes sur la
poitrine. Elle était couverte d'un voile de lin d'une
blancheur éblouissante, que le pourpre sombre de
la tenture faisait encore mieux ressortir, et d'une
telle finesse qu'il ne dérobait en rien la forme charmante de son corps et permettait de suivre ces
belles lignes onduleuses comme le cou d'un cygne
que la mort même n'avait pu roidir. On eût dit une
statue d'albâtre faite par quelque sculpteur habile
pour mettre sur un tombeau de reine, ou encore
une jeune fille endormie sur qui il aurait neigé.

Je ne pouvais plus y tenir ; cet air d'alcôve
m'enivrait, cette fébrile senteur de rose à demi
fanée me montait au cerveau, et je marchais à
grands pas dans la chambre, m'arrêtant à chaque
tour devant l'estrade pour considérer la gracieuse
trépassée sous la transparence de son linceul.

D'étranges pensées me traversaient l'esprit ; je me figurais qu'elle n'était point morte réellement, et que ce n'était qu'une feinte qu'elle avait employée pour m'attirer dans son château et me conter son amour. Un instant même je crus avoir vu bouger son pied dans la blancheur des voiles, et se déranger les plis droits du suaire.

Et puis je me disais : « Est-ce bien Clarimonde ? quelle preuve en ai-je ? Ce page noir ne peut-il être passé au service d'une autre femme ? Je suis bien fou de me désoler et de m'agiter ainsi. » Mais mon cœur me répondit avec un battement : « C'est bien elle, c'est bien elle. » Je me rapprochai du lit, et je regardai avec un redoublement d'attention l'objet de mon incertitude. Vous l'avouerai-je ? cette perfection de formes, quoique purifiée et sanctifiée par l'ombre de la mort, me troublait plus voluptueusement qu'il n'aurait fallu, et ce repos ressemblait tant à un sommeil que l'on s'y serait trompé. J'oubliais que j'étais venu là pour un office funèbre, et je m'imaginais que j'étais un jeune époux entrant dans la chambre de la fiancée qui cache sa figure par pudeur et qui ne se veut point laisser voir. Navré de douleur, éperdu de joie, frissonnant de crainte et de plaisir, je me penchai vers elle et je pris le coin du drap ; je le soulevai lentement en retenant mon souffle de peur de l'éveiller. Mes artères palpitaient avec une telle force, que je les sentais siffler dans mes tempes, et mon front ruisselait de sueur comme si j'eusse remué une dalle de

marbre. C'était en effet la Clarimonde telle que je
l'avais vue à l'église lors de mon ordination ; elle
était aussi charmante, et la mort chez elle semblait
une coquetterie de plus. La pâleur de ses joues, le
rose moins vif de ses lèvres, ses longs cils baissés et
découpant leur frange brune sur cette blancheur,
lui donnaient une expression de chasteté mélancolique et de souffrance pensive d'une puissance
de séduction inexprimable ; ses longs cheveux
dénoués, où se trouvaient encore mêlées quelques
petites fleurs bleues, faisaient un oreiller à sa tête et
protégeaient de leurs boucles la nudité de ses
épaules ; ses belles mains, plus pures, plus dia-
phanes que des hosties, étaient croisées dans une
attitude de pieux repos et de tacite prière, qui corri-
geait ce qu'auraient pu avoir de trop séduisant,
même dans la mort, l'exquise rondeur, et le poli
d'ivoire de ses bras nus dont on n'avait pas ôté les
bracelets de perles. Je restai longtemps absorbé
dans une muette contemplation, et, plus je la regardais, moins je pouvais croire que la vie avait pour
toujours abandonné ce beau corps. Je ne sais si cela
était une illusion ou un reflet de la lampe, mais on
eût dit que le sang recommençait à circuler sous
cette mate pâleur ; cependant elle était toujours de
la plus parfaite immobilité. Je touchai légèrement
son bras ; il était froid, mais pas plus froid pourtant
que sa main le jour qu'elle avait effleuré la mienne
sous le portail de l'église. Je repris ma position, penchant ma figure sur la sienne et laissant pleuvoir sur

ses joues la tiède rosée de mes larmes. Ah! quel sentiment amer de désespoir et d'impuissance! quelle agonie que cette veille! j'aurais voulu pouvoir ramasser ma vie en un monceau pour la lui donner et souffler sur sa dépouille glacée la flamme qui me dévorait. La nuit s'avançait, et, sentant approcher le moment de la séparation éternelle, je ne pus me refuser cette triste et suprême douceur de déposer un baiser sur les lèvres mortes de celle qui avait eu tout mon amour. Ô prodige! un léger souffle se mêla à mon souffle, et la bouche de Clarimonde répondit à la pression de la mienne: ses yeux s'ouvrirent et reprirent un peu d'éclat, elle fit un soupir, et, décroisant ses bras, elle les passa derrière mon cou avec un air de ravissement ineffable. «Ah! c'est toi, Romuald, dit-elle d'une voix languissante et douce comme les dernières vibrations d'une harpe; que fais-tu donc? Je t'ai attendu si longtemps, que je suis morte; mais maintenant nous sommes fiancés, je pourrai te voir et aller chez toi. Adieu, Romuald, adieu! je t'aime; c'est tout ce que je voulais te dire, et je te rends la vie que tu as rappelée sur moi une minute avec ton baiser; à bientôt.»

Sa tête retomba en arrière, mais elle m'entourait toujours de ses bras comme pour me retenir. Un tourbillon de vent furieux défonça la fenêtre et entra dans la chambre; la dernière feuille de la rose blanche palpita quelque temps comme une aile au bout de la tige, puis elle se détacha et s'envola par la

croisée ouverte, emportant avec elle l'âme de Clarimonde. La lampe s'éteignit et je tombai évanoui sur
le sein de la belle morte.

Quand je revins à moi, j'étais couché sur mon lit,
dans ma petite chambre du presbytère, et le vieux
chien de l'ancien curé léchait ma main allongée
hors de la couverture. Barbara s'agitait dans la
chambre avec un tremblement sénile, ouvrant et
fermant des tiroirs, ou remuant des poudres dans
des verres. En me voyant ouvrir les yeux, la vieille
poussa un cri de joie, le chien jappa et frétilla de la
queue ; mais j'étais si faible, que je ne pus prononcer une seule parole ni faire aucun mouvement. J'ai
su depuis que j'étais resté trois jours ainsi, ne don-
nant d'autre signe d'existence qu'une respiration
presque insensible. Ces trois jours ne comptent pas
dans ma vie, et je ne sais où mon esprit était allé
pendant tout ce temps ; je n'en ai gardé aucun souvenir. Barbara m'a conté que le même homme au
teint cuivré, qui m'était venu chercher pendant la
nuit, m'avait ramené le matin dans une litière fer-
mée et s'en était retourné aussitôt. Dès que je pus
rappeler mes idées, je repassai en moi-même toutes
les circonstances de cette nuit fatale. D'abord je
pensai que j'avais été le jouet d'une illusion
magique ; mais des circonstances réelles et pal-
pables détruisirent bientôt cette supposition. Je ne
pouvais croire que j'avais rêvé, puisque Barbara
avait vu comme moi l'homme aux deux chevaux
noirs et qu'elle en décrivait l'ajustement et la

tournure avec exactitude. Cependant personne ne connaissait dans les environs un château auquel s'appliquât la description du château où j'avais retrouvé Clarimonde.

Un matin je vis entrer l'abbé Sérapion. Barbara lui avait mandé que j'étais malade, et il était accouru en toute hâte. Quoique cet empressement démontrât de l'affection et de l'intérêt pour ma personne, sa visite ne me fit pas le plaisir qu'elle m'aurait dû faire. L'abbé Sérapion avait dans le regard quelque chose de pénétrant et d'inquisiteur qui me gênait. Je me sentais embarrassé et coupable devant lui. Le premier il avait découvert mon trouble intérieur, et je lui en voulais de sa clair-voyance.

Tout en me demandant des nouvelles de ma santé d'un ton hypocritement mielleux, il fixait sur moi ses deux jaunes prunelles de lion et plongeait comme une sonde ses regards dans mon âme. Puis il me fit quelques questions sur la manière dont je dirigeais ma cure, si je m'y plaisais, à quoi je passais le temps que mon ministère me laissait libre, si j'avais fait quelques connaissances parmi les habitants du lieu, quelles étaient mes lectures favorites, et mille autres détails semblables. Je répondais à tout cela le plus brièvement possible, et lui-même, sans attendre que j'eusse achevé, passait à autre chose. Cette conversation n'avait évidemment aucun rapport avec ce qu'il voulait dire. Puis, sans préparation aucune, et comme une nouvelle dont il se souvenait à l'instant et qu'il eût craint d'oublier ensuite, il me dit d'une voix claire et vibrante qui résonna à mon oreille comme les trompettes du jugement dernier :

« La grande courtisane Clarimonde est morte dernièrement, à la suite d'une orgie qui a duré huit jours et huit nuits. Ç'a été quelque chose d'infernalement splendide. On a renouvelé là les abominations des festins de Balthazar et de Cléopâtre. Dans quel siècle vivons-nous, bon Dieu ! Les convives étaient servis par des esclaves basanés parlant un langage inconnu, et qui m'ont tout l'air de vrais démons ; la livrée du moindre d'entre eux eût pu servir d'habit de gala à un empereur. Il a couru de tout temps sur cette Clarimonde de bien étranges histoires, et tous ses amants ont fini d'une manière misérable ou violente. On a dit que c'était une goule, un vampire femelle ; mais je crois que c'était Belzébuth en personne. »

Il se tut et m'observa plus attentivement que jamais, pour voir l'effet que ses paroles avaient produit sur moi. Je n'avais pu me défendre d'un mouvement en entendant nommer Clarimonde, et cette nouvelle de sa mort, outre la douleur qu'elle me causait par son étrange coïncidence avec la scène nocturne dont j'avais été témoin, me jeta dans un trouble et un effroi qui parurent sur ma figure, quoi que je fisse pour m'en rendre maître. Sérapion me jeta un coup d'œil inquiet et sévère ; puis il me dit : « Mon fils, je dois vous en avertir, vous avez le pied levé sur un abîme, prenez garde d'y tomber. Satan a la griffe longue, et les tombeaux ne sont pas toujours fidèles. La pierre de Clarimonde devrait être scellée d'un triple sceau ; car ce n'est pas, à ce qu'on dit, la première fois qu'elle est morte. Que Dieu veille sur vous, Romuald ! »

Après avoir dit ces mots, Sérapion regagna la porte à pas lents, et je ne le revis plus ; car il partit pour S*** presque aussitôt.

J'étais entièrement rétabli et j'avais repris mes fonctions habituelles. Le souvenir de Clarimonde et les paroles du vieil abbé étaient toujours présents à mon esprit ; cependant aucun événement extraordinaire n'était venu confirmer les prévisions funèbres de Sérapion, et je commençais à croire que ses craintes et mes terreurs étaient trop exagérées ; mais une nuit je fis un rêve. J'avais à peine bu les premières gorgées du sommeil, que j'entendis ouvrir les rideaux de mon lit et glisser les anneaux sur les tringles avec un bruit éclatant ; je me soulevai brusquement sur le coude, et je vis une ombre de femme qui se tenait debout devant moi. Je reconnus sur-le-champ Clarimonde. Elle portait à la main une petite lampe de la forme de celles qu'on met dans les tombeaux, dont la lueur donnait à ses doigts effilés une transparence rose qui se prolongeait par une dégradation insensible jusque dans la blancheur opaque et laiteuse de son bras nu. Elle avait pour tout vêtement le suaire de lin qui la recouvrait sur son lit de parade, dont elle retenait les plis sur sa poitrine, comme honteuse d'être si peu vêtue, mais sa petite main n'y suffisait pas ; elle était si blanche, que la couleur de la draperie se confondait avec celle des chairs sous le pâle rayon de la lampe. Enveloppée de ce fin tissu qui trahissait tous les contours de son corps, elle ressemblait à une statue de marbre de baigneuse antique plutôt qu'à une femme douée de vie. Morte ou vivante, statue ou femme, ombre ou corps, sa beauté était toujours la même ; seulement l'éclat vert de ses prunelles était un peu amorti, et sa bouche, si vermeille autrefois, n'était plus teintée que d'un rose faible et tendre presque semblable à celui de ses joues. Les petites fleurs bleues que j'avais remarquées dans ses cheveux étaient tout à fait sèches et avaient presque perdu toutes leurs feuilles ; ce qui ne l'empêchait pas d'être charmante, si charmante que, malgré la singularité de l'aventure et la façon inexplicable dont elle était entrée dans la chambre, je n'eus pas un instant de frayeur.

Elle posa la lampe sur la table et s'assit sur le pied de mon lit, puis elle me dit en se penchant vers moi avec cette voix argentine et veloutée à la fois que je n'ai connue qu'à elle :

« Je me suis bien fait attendre, mon cher Romuald, et tu as dû croire que je t'avais oublié. Mais je viens de bien loin, et d'un endroit d'où personne n'est encore revenu : il n'y a ni lune ni soleil au pays d'où j'arrive ; ce n'est que de l'espace

et de l'ombre ; ni chemin, ni sentier ; point de terre
pour le pied, point d'air pour l'aile ; et pourtant me
voici, car l'amour est plus fort que la mort, et il
finira par la vaincre. Ah ! que de faces mornes et de
choses terribles j'ai vues dans mon voyage ! Que de
peine mon âme, rentrée dans ce monde par la puissance de la volonté, a eue pour retrouver son corps
et s'y réinstaller ! Que d'efforts il m'a fallu faire
avant de lever la dalle dont on m'avait couverte !
Tiens ! le dedans de mes pauvres mains en est tout
meurtri. Baise-les pour les guérir, cher amour ! »
Elle m'appliqua l'une après l'autre les paumes
froides de ses mains sur la bouche ; je les baisai en
effet plusieurs fois, et elle me regardait faire avec
un sourire d'ineffable complaisance.

Je l'avoue à ma honte, j'avais totalement oublié
les avis de l'abbé Sérapion et le caractère dont
j'étais revêtu. J'étais tombé sans résistance et au
premier assaut. Je n'avais pas même essayé de
repousser le tentateur ; la fraîcheur de la peau de
Clarimonde pénétrait la mienne, et je me sentais
courir sur le corps de voluptueux frissons. La
pauvre enfant ! malgré tout ce que j'en ai vu, j'ai
peine à croire encore que ce fût un démon ; du
moins elle n'en avait pas l'air, et jamais Satan n'a
mieux caché ses griffes et ses cornes. Elle avait
reployé ses talons sous elle et se tenait accroupie
sur le bord de la couchette dans une position
pleine de coquetterie nonchalante. De temps en
temps elle passait sa petite main à travers mes che-

veux et les roulait en boucles comme pour essayer à mon visage de nouvelles coiffures. Je me laissais faire avec la plus coupable complaisance, et elle accompagnait tout cela du plus charmant babil. Une chose remarquable, c'est que je n'éprouvais aucun étonnement d'une aventure aussi extraordinaire, et, avec cette facilité que l'on a dans la vision d'admettre comme fort simples les événements les plus bizarres, je ne voyais rien là que de parfaitement naturel.

« Je t'aimais bien longtemps avant de t'avoir vu, mon cher Romuald, et je te cherchais partout. Tu étais mon rêve, et je t'ai aperçu dans l'église au fatal moment ; j'ai dit tout de suite : "C'est lui !" Je te jetai un regard où je mis tout l'amour que j'avais eu, que j'avais et que je devais avoir pour toi ; un regard à damner un cardinal, à faire agenouiller un roi à mes pieds devant toute sa cour. Tu restas impassible et tu me préféras ton Dieu.

« Ah ! que je suis jalouse de Dieu, que tu as aimé et que tu aimes encore plus que moi !

« Malheureuse, malheureuse que je suis ! je n'aurai jamais ton cœur à moi toute seule, moi que tu as ressuscitée d'un baiser, Clarimonde la morte, qui force à cause de toi les portes du tombeau et qui vient te consacrer une vie qu'elle n'a reprise que pour te rendre heureux ! »

Toutes ces paroles étaient entrecoupées de caresses délirantes qui étourdirent mes sens et ma raison au point que je ne craignis point pour la consoler de proférer un effroyable blasphème, et de lui dire que je l'aimais autant que Dieu.

Ses prunelles se ravivèrent et brillèrent comme des chrysoprases. «Vrai! bien vrai! autant que Dieu! dit-elle en m'enlaçant dans ses beaux bras. Puisque c'est ainsi, tu viendras avec moi, tu me suivras où je voudrai. Tu laisseras tes vilains habits noirs. Tu seras le plus fier et le plus envié des cavaliers, tu seras mon amant. Être l'amant avoué de Clarimonde, qui a refusé un pape, c'est beau, cela! Ah! la bonne vie bien heureuse, la belle existence dorée que nous mènerons! Quand partons-nous, mon gentilhomme?

— Demain! demain! m'écriai-je dans mon délire.

— Demain, soit! reprit-elle. J'aurai le temps de changer de toilette, car celle-ci est un peu succincte et ne vaut rien pour le voyage. Il faut aussi que j'aille avertir mes gens qui me croient sérieusement morte et qui se désolent tant qu'ils peuvent. L'argent, les habits, les voitures, tout sera prêt; je te viendrai prendre à cette heure-ci. Adieu, cher cœur.» Et elle effleura mon front du bout de ses lèvres. La lampe s'éteignit, les rideaux se refermèrent, et je ne vis plus rien; un sommeil de plomb, un sommeil sans rêve s'appesantit sur moi et me tint engourdi jusqu'au lendemain matin. Je me réveillai plus tard que de coutume, et le souvenir de cette singulière vision m'agita toute la journée; je finis par me persuader que c'était une pure vapeur de mon imagination échauffée. Cependant

les sensations avaient été si vives, qu'il était difficile
de croire qu'elles n'étaient pas réelles, et ce ne fut
pas sans quelque appréhension de ce qui allait arriver que je me mis au lit, après avoir prié Dieu
d'éloigner de moi les mauvaises pensées et de pro-
téger la chasteté de mon sommeil.

Je m'endormis bientôt profondément, et mon
rêve se continua. Les rideaux s'écartèrent, et je vis
Clarimonde, non pas, comme la première fois, pâle
dans son pâle suaire et les violettes de la mort sur
les joues, mais gaie, leste et pimpante, avec un
superbe habit de voyage en velours vert orné de
ganses d'or et retroussé sur le côté pour laisser voir
une jupe de satin. Ses cheveux blonds s'échappaient en grosses boucles de dessous un large cha-
peau de feutre noir chargé de plumes blanches
capricieusement contournées ; elle tenait à la main
une petite cravache terminée par un sifflet d'or.
Elle m'en toucha légèrement et me dit : « Eh bien !
beau dormeur, est-ce ainsi que vous faites vos pré-
paratifs ? Je comptais vous trouver debout. Levez-
vous bien vite, nous n'avons pas de temps à
perdre. » Je sautai à bas du lit.

« Allons, habillez-vous et partons, dit-elle en me
montrant du doigt un petit paquet qu'elle avait
apporté ; les chevaux s'ennuient et rongent leur
frein à la porte. Nous devrions déjà être à dix lieues
d'ici. »

Je m'habillai en hâte, et elle me tendait elle-
même les pièces du vêtement, en riant aux éclats

de ma gaucherie, et en m'indiquant leur usage quand je me trompais. Elle donna du tour à mes cheveux, et, quand ce fut fait, elle me tendit un petit miroir de poche en cristal de Venise, bordé d'un filigrane d'argent, et me dit : « Comment te trouves-tu ? veux-tu me prendre à ton service comme valet de chambre ? »

Je n'étais plus le même, et je ne me reconnus pas. Je ne me ressemblais pas plus qu'une statue achevée ne ressemble à un bloc de pierre. Mon ancienne figure avait l'air de n'être que l'ébauche grossière de celle que réfléchissait le miroir. J'étais beau, et ma vanité fut sensiblement chatouillée de cette métamorphose. Ces élégants habits, cette riche veste brodée, faisaient de moi un tout autre personnage, et j'admirais la puissance de quelques aunes d'étoffe taillées d'une certaine manière. L'esprit de mon costume me pénétrait la peau, et au bout de dix minutes j'étais passablement fat.

Je fis quelques tours par la chambre pour me donner de l'aisance. Clarimonde me regardait d'un air de complaisance maternelle et paraissait très contente de son œuvre. « Voilà bien assez d'enfantillage, en route, mon cher Romuald ! nous allons loin et nous n'arriverons pas. » Elle me prit la main et m'entraîna. Toutes les portes s'ouvraient devant elle aussitôt qu'elle les touchait, et nous passâmes devant le chien sans l'éveiller.

À la porte, nous trouvâmes Margheritone ; c'était l'écuyer qui m'avait déjà conduit ; il tenait en bride

trois chevaux noirs comme les premiers, un pour
moi, un pour lui, un pour Clarimonde. Il fallait
que ces chevaux fussent des genets d'Espagne, nés
de juments fécondées par le zéphyr ; car ils allaient
aussi vite que le vent, et la lune, qui s'était levée à
notre départ pour nous éclairer, roulait dans le ciel
comme une roue détachée de son char ; nous la
voyions à notre droite sauter d'arbre en arbre et
s'essouffler pour courir après nous. Nous arrivâmes
bientôt dans une plaine où, auprès d'un bouquet
d'arbres, nous attendait une voiture attelée de
quatre vigoureuses bêtes ; nous y montâmes, et les
postillons leur firent prendre un galop insensé.
J'avais un bras passé derrière la taille de Clarimonde et une de ses mains ployée dans la mienne ;
elle appuyait sa tête à mon épaule, et je sentais sa
gorge demi nue frôler mon bras. Jamais je n'avais
éprouvé un bonheur aussi vif. J'avais oublié tout en
ce moment-là, et je ne me souvenais pas plus
d'avoir été prêtre que de ce que j'avais fait dans le
sein de ma mère, tant était grande la fascination
que l'esprit malin exerçait sur moi. À dater de
cette nuit, ma nature s'est en quelque sorte dédou-
blée, et il y eut en moi deux hommes dont l'un ne
connaissait pas l'autre. Tantôt je me croyais un
prêtre qui rêvait chaque soir qu'il était gentilhomme, tantôt un gentilhomme qui rêvait qu'il
était prêtre. Je ne pouvais plus distinguer le songe
de la veille, et je ne savais pas où commençait la
réalité et où finissait l'illusion. Le jeune seigneur

fat et libertin se raillait du prêtre, le prêtre détestait
les dissolutions du jeune seigneur. Deux spirales
enchevêtrées l'une dans l'autre et confondues sans
se toucher jamais représentent très bien cette vie
bicéphale qui fut la mienne. Malgré l'étrangeté de
cette position, je ne crois pas avoir un seul instant
touché à la folie. J'ai toujours conservé très nettes
les perceptions de mes deux existences. Seulement, il y avait un fait absurde que je ne pouvais
m'expliquer : c'est que le sentiment du même moi
existât dans deux hommes si différents. C'était une
anomalie dont je ne me rendais pas compte, soit
que je crusse être le curé du petit village de ***, ou
il signor Romualdo, amant en titre de la Clarimonde.

Toujours est-il que j'étais ou du moins que je
croyais être à Venise ; je n'ai pu encore bien démê-
ler ce qu'il y avait d'illusion et de réalité dans cette
bizarre aventure. Nous habitions un grand palais
de marbre sur le Canaleio, plein de fresques et de
statues, avec deux Titiens du meilleur temps dans
la chambre à coucher de la Clarimonde, un palais
digne d'un roi. Nous avions chacun notre gondole
et nos barcarolles à notre livrée, notre chambre de
musique et notre poète. Clarimonde entendait la
vie d'une grande manière, et elle avait un peu de
Cléopâtre dans sa nature. Quant à moi, je menais
un train de fils de prince, et je faisais une poussière
comme si j'eusse été de la famille de l'un des
douze apôtres ou des quatre évangélistes de la séré-
nissime république ; je ne me serais pas détourné

de mon chemin pour laisser passer le doge, et je
ne crois pas que, depuis Satan qui tomba du ciel,
personne ait été plus orgueilleux et plus insolent
que moi. J'allais au Ridotto[1], et je jouais un jeu
d'enfer. Je voyais la meilleure société du monde,
des fils de famille ruinés, des femmes de théâtre,
des escrocs, des parasites et des spadassins. Cependant, malgré la dissipation de cette vie, je restai
fidèle à la Clarimonde. Je l'aimais éperdument.
Elle eût réveillé la satiété même et fixé l'incons-
tance. Avoir Clarimonde, c'était avoir vingt maîtresses, c'était avoir toutes les femmes, tant elle
était mobile, changeante et dissemblable d'elle-
même ; un vrai caméléon ! Elle vous faisait com-
mettre avec elle l'infidélité que vous eussiez com-
mise avec d'autres, en prenant complètement le
caractère, l'allure et le genre de beauté de la
femme qui paraissait vous plaire. Elle me rendait
mon amour au centuple, et c'est en vain que les
jeunes patriciens et même les vieux du conseil des
Dix lui firent les plus magnifiques propositions. Un
Foscari alla même jusqu'à lui proposer de l'épouser ; elle refusa tout. Elle avait assez d'or ; elle ne
voulait plus que de l'amour, un amour jeune, pur,
éveillé par elle, et qui devait être le premier et le
dernier. J'aurais été parfaitement heureux sans un
maudit cauchemar qui revenait toutes les nuits, et

1. Salle de jeu fréquentée par les nobles vénitiens et les
étrangers, située au palais Dandalo (entre 1768 et 1774).

où je me croyais un curé de village se macérant et faisant pénitence de mes excès du jour. Rassuré par l'habitude d'être avec elle, je ne songeais presque plus à la façon étrange dont j'avais fait connaissance avec Clarimonde. Cependant, ce qu'en avait dit l'abbé Sérapion me revenait quelquefois en mémoire et ne laissait pas que de me donner de l'inquiétude.

Depuis quelque temps la santé de Clarimonde n'était pas aussi bonne ; son teint s'amortissait de jour en jour. Les médecins qu'on fit venir n'entendaient rien à sa maladie, et ils ne savaient qu'y faire. Ils prescrivirent quelques remèdes insignifiants et ne revinrent plus. Cependant elle pâlissait à vue d'œil et devenait de plus en plus froide. Elle était presque aussi blanche et aussi morte que la fameuse nuit dans le château inconnu. Je me désolais de la voir ainsi lentement dépérir. Elle, touchée de ma douleur, me souriait doucement et tristement avec le sourire fatal des gens qui savent qu'ils vont mourir.

Un matin, j'étais assis auprès de son lit, et je déjeunais sur une petite table pour ne la pas quitter d'une minute. En coupant un fruit, je me fis par hasard au doigt une entaille assez profonde. Le sang partit aussitôt en filets pourpres, et quelques gouttes rejaillirent sur Clarimonde. Ses yeux s'éclairèrent, sa physionomie prit une expression de joie féroce et sauvage que je ne lui avais jamais vue. Elle sauta à bas du lit avec une agilité animale, une agilité de singe ou de chat, et se précipita sur ma blessure qu'elle se mit à sucer avec un air d'indicible volupté. Elle avalait le sang par petites gorgées, lentement et précieusement, comme un gourmet qui savoure un vin de Xérès ou de Syracuse ; elle clignait les yeux à demi, et la pupille de ses prunelles vertes était devenue oblongue au lieu de ronde. De temps à autre elle s'interrompait pour me baiser la main, puis elle recommençait à presser de ses lèvres les lèvres de la plaie pour en faire sortir encore quelques gouttes rouges. Quand elle vit que le sang ne venait plus, elle se releva l'œil humide et brillant, plus rose qu'une aurore de mai, la figure pleine, la main tiède et moite, enfin plus belle que jamais et dans un état parfait de santé.

« Je ne mourrai pas ! je ne mourrai pas ! dit-elle à moitié folle de joie et en se pendant à mon cou ; je pourrai t'aimer encore longtemps. Ma vie est dans la tienne, et tout ce qui est moi vient de toi. Quelques gouttes de ton riche et noble sang, plus précieux et plus efficace que tous les élixirs du monde, m'ont rendu l'existence. »

Cette scène me préoccupa longtemps et m'inspira d'étranges doutes à l'endroit de Clarimonde, et le soir même, lorsque le sommeil m'eut ramené à mon presbytère, je vis l'abbé Sérapion plus grave et plus soucieux que jamais. Il me regarda attentivement et me dit : « Non content de perdre votre âme, vous voulez aussi perdre votre corps. Infortuné jeune homme, dans quel piège êtes-vous tombé ! » Le ton dont il me dit ce peu de mots me frappa vivement ; mais, malgré sa vivacité, cette impression fut bientôt dissipée, et mille autres soins l'effacèrent de mon esprit. Cependant, un soir, je vis dans ma glace, dont elle n'avait pas calculé la perfide position, Clarimonde qui versait une poudre dans la coupe de vin épicé qu'elle avait coutume de préparer après le repas. Je pris la coupe, je feignis d'y porter mes lèvres, et je la posai sur quelque meuble comme pour l'achever plus tard à mon loisir, et, profitant d'un instant où la belle avait le dos tourné, j'en jetai le contenu sous la table ; après quoi je me retirai dans ma chambre et je me couchai, bien déterminé à ne pas dormir et à voir ce que tout cela deviendrait. Je n'attendis pas longtemps ; Clarimonde entra en robe de nuit, et, s'étant débarrassée de ses voiles, s'allongea dans le lit auprès de moi. Quand elle se fut bien assurée que je dormais, elle découvrit mon bras et tira une épingle d'or de sa tête ; puis elle se mit à murmurer à voix basse :

« Une goutte, rien qu'une petite goutte rouge, un rubis au bout de mon aiguille !… Puisque tu m'aimes encore, il ne faut pas que je meure… Ah ! pauvre amour ! Ton beau sang d'une couleur pourpre si éclatante, je vais le boire. Dors, mon seul bien ; dors, mon dieu, mon enfant ; je ne te ferai pas de mal, je ne prendrai de ta vie que ce qu'il faudra pour ne pas laisser éteindre la mienne. Si je ne t'aimais pas tant, je pourrais me résoudre à avoir d'autres amants dont je tarirais les veines ; mais depuis que je te connais, j'ai tout le monde en horreur… Ah ! le beau bras ! comme il est rond ! comme il est blanc ! je n'oserai jamais piquer cette jolie veine bleue. » Et, tout en disant cela, elle pleurait, et je sentais pleuvoir ses larmes sur mon bras qu'elle tenait entre ses mains. Enfin elle se décida, me fit une petite piqûre avec son aiguille et se mit à pomper le sang qui en coulait. Quoiqu'elle en eût bu à peine quelques gouttes, la crainte de m'épuiser la prenant, elle m'entoura avec soin le bras d'une petite bandelette après avoir frotté la plaie d'un onguent qui la cicatrisa sur-le-champ.

Je ne pouvais plus avoir de doutes, l'abbé Sérapion avait raison. Cependant, malgré cette certitude, je ne pouvais m'empêcher d'aimer Clarimonde, et je lui aurais volontiers donné tout le sang dont elle avait besoin pour soutenir son existence factice. D'ailleurs, je n'avais pas grand'peur ; la femme me répondait du vampire, et ce que j'avais entendu et vu me rassurait complètement ; j'avais alors des veines plantureuses qui ne se seraient pas de sitôt épuisées, et je ne marchandais pas ma vie goutte à goutte. Je me serais ouvert le bras moi-même et je lui aurais dit : « Bois ! et que mon amour s'infiltre dans ton corps avec mon sang ! » J'évitais de faire la moindre allusion au narcotique qu'elle m'avait versé et à la scène de l'aiguille, et nous vivions dans le plus parfait accord. Pourtant mes scrupules de prêtre me tourmentaient plus que jamais, et je ne savais quelle macération nouvelle inventer pour mater et mortifier ma chair. Quoique toutes ces visions fussent involontaires et que je n'y participasse en rien, je n'osais pas toucher le Christ avec des mains aussi impures et un esprit souillé par de pareilles débauches réelles ou rêvées. Pour éviter de tomber dans ces fatigantes hallucinations, j'essayais de m'empêcher de dormir, je tenais mes paupières ouvertes avec les doigts et je restais debout au long des murs, luttant contre le sommeil de toutes mes forces ; mais le sable de l'assoupissement me roulait bientôt dans les yeux, et, voyant que toute lutte était inutile, je laissais tomber les bras de découragement et de lassitude, et le courant me rentraînait vers les rives perfides. Sérapion me faisait les plus véhémentes exhortations, et me reprochait durement ma mollesse et mon peu de ferveur. Un jour que j'avais été plus agité qu'à l'ordinaire, il me dit : « Pour vous débarrasser de cette obsession, il n'y a qu'un moyen, et, quoiqu'il soit extrême, il le faut employer : aux grands maux les grands remèdes. Je sais où Clarimonde a été enterrée ; il faut que nous la déterrions et que vous voyiez dans quel état pitoyable est l'objet de votre amour ; vous ne serez plus tenté de perdre votre âme pour un cadavre immonde dévoré des vers et près de tomber en poudre ; cela vous fera assurément rentrer en vous-même. » Pour moi, j'étais si fatigué de cette double vie, que j'acceptai : voulant savoir, une fois pour toutes, qui du prêtre ou du gentilhomme était dupe d'une illusion, j'étais décidé à tuer au profit de l'un ou de l'autre un des deux hommes qui étaient en moi ou à les tuer tous deux, car une pareille vie ne pouvait durer. L'abbé Sérapion se munit d'une pioche, d'un levier et d'une lanterne, et à minuit nous nous dirigeâmes vers le cimetière de ***, dont il connaissait parfaitement le gisement et la disposition. Après avoir porté la lumière de la lanterne sourde sur les inscriptions de plusieurs tombeaux, nous arrivâmes enfin à une pierre à moitié cachée par les grandes herbes et dévorée de mousses et de plantes parasites, où nous déchiffrâmes ce commencement d'inscription :

> *Ici gît Clarimonde*
> *Qui fut de son vivant*
> *La plus belle du monde.*
>
> . . . .

« C'est bien ici », dit Sérapion, et, posant à terre sa lanterne, il glissa la pince dans l'interstice de la pierre et commença à la soulever. La pierre céda, et il se mit à l'ouvrage avec la pioche. Moi, je le regardais faire, plus noir et plus silencieux que la nuit elle-même ; quant à lui, courbé sur son œuvre funèbre, il ruisselait de sueur, il haletait, et son souffle pressé avait l'air d'un râle d'agonisant. C'était un spectacle étrange, et qui nous eût vus du dehors nous eût plutôt pris pour des profanateurs et des voleurs de linceuls, que pour des prêtres de Dieu. Le zèle de Sérapion avait quelque chose de dur et de sauvage qui le faisait ressembler à un démon plutôt qu'à un apôtre ou à un ange, et sa figure aux grands traits austères et profondément découpés par le reflet de la lanterne n'avait rien de très rassurant. Je me sentais perler sur les membres une sueur glaciale, et mes cheveux se redressaient douloureusement sur ma tête ; je regardais au fond de moi-même l'action du sévère Sérapion comme un abominable sacrilège, et j'aurais voulu que du flanc des sombres nuages qui roulaient pesamment au-dessus de nous sortît un triangle de feu qui le réduisît en poudre. Les hiboux perchés sur les cyprès, inquiétés par l'éclat de la lanterne, en venaient fouetter lourdement la vitre avec leurs ailes poussiéreuses, en jetant des gémissements plaintifs ; les renards glapissaient dans le lointain, et mille bruits sinistres se dégageaient du silence. Enfin la pioche de Sérapion heurta le cercueil dont les planches retentirent avec un bruit sourd et sonore, avec ce terrible bruit que rend le néant quand on y touche ; il en renversa le couvercle, et j'aperçus Clarimonde pâle comme un marbre, les mains jointes ; son blanc suaire ne faisait qu'un seul pli de sa tête à ses pieds. Une petite goutte rouge brillait comme une rose au coin de sa bouche décolorée. Sérapion, à cette vue, entra en fureur : « Ah ! te voilà, démon, courtisane impudique, buveuse de sang et d'or ! » et il aspergea d'eau bénite le corps et le cercueil sur lequel il traça la forme d'une croix avec son goupillon. La pauvre Clarimonde n'eut pas été plus tôt touchée par la sainte rosée que son

beau corps tomba en poussière ; ce ne fut plus
qu'un mélange affreusement informe de cendres
et d'os à demi calcinés. « Voilà votre maîtresse, seigneur Romuald, dit l'inexorable prêtre en me montrant ces tristes dépouilles, serez-vous encore tenté
d'aller vous promener au Lido et à Fusine avec
votre beauté ? » Je baissai la tête ; une grande ruine
venait de se faire au-dedans de moi. Je retournai à
mon presbytère, et le seigneur Romuald, amant de
Clarimonde, se sépara du pauvre prêtre, à qui il
avait tenu pendant si longtemps une si étrange
compagnie. Seulement, la nuit suivante, je vis Clarimonde ; elle me dit, comme la première fois sous le
portail de l'église : « Malheureux ! malheureux !
qu'as-tu fait ? Pourquoi as-tu écouté ce prêtre imbé-
cile ? n'étais-tu pas heureux ? et que t'avais-je fait,
pour violer ma pauvre tombe et mettre à nu les
misères de mon néant ? Toute communication
entre nos âmes et nos corps est rompue désormais.
Adieu, tu me regretteras. » Elle se dissipa dans l'air
comme une fumée, et je ne la revis plus.

Hélas ! elle a dit vrai : je l'ai regrettée plus d'une
fois et je la regrette encore. La paix de mon âme a
été bien chèrement achetée ; l'amour de Dieu
n'était pas de trop pour remplacer le sien. Voilà,
frère, l'histoire de ma jeunesse. Ne regardez jamais
une femme, et marchez toujours les yeux fixés en
terre, car, si chaste et si calme que vous soyez, il suffit
d'une minute pour vous faire perdre l'éternité.

Le pied de momie

J'étais entré par désœuvrement chez un de ces marchands de curiosités dits marchands de bric-à-brac dans l'argot parisien, si parfaitement inintelligible pour le reste de la France.

Vous avez sans doute jeté l'œil, à travers le carreau, dans quelques-unes de ces boutiques devenues si nombreuses depuis qu'il est de mode d'acheter des meubles anciens, et que le moindre agent de change se croit obligé d'avoir sa *chambre moyen âge*.

C'est quelque chose qui tient à la fois de la boutique du ferrailleur, du magasin du tapissier, du laboratoire de l'alchimiste et de l'atelier du peintre ; dans ces antres mystérieux où les volets filtrent un prudent demi-jour, ce qu'il y a de plus notoirement ancien, c'est la poussière ; les toiles d'araignées y sont plus authentiques que les guipures, et le vieux poirier y est plus jeune que l'acajou arrivé hier d'Amérique.

Le magasin de mon marchand de bric-à-brac était un véritable Capharnaüm ; tous les siècles et tous les pays semblaient s'y être donné rendez-vous ; une lampe étrusque de terre rouge posait sur une armoire de Boulle, aux panneaux d'ébène sévèrement rayés de filaments de cuivre ; une duchesse du temps de Louis XV allongeait nonchalamment ses pieds de biche sous une épaisse table du règne de Louis XIII, aux lourdes spirales de bois de chêne, aux sculptures entremêlées de feuillages et de chimères.

Une armure damasquinée de Milan faisait miroiter dans un coin le ventre rubané de sa cuirasse ; des amours et des nymphes de biscuit, des magots de la Chine, des cornets de céladon et de craquelé, des tasses de Saxe et de vieux Sèvres encombraient les étagères et les encoignures.

Sur les tablettes denticulées des dressoirs, rayonnaient d'immenses plats du Japon, aux dessins rouges et bleus, relevés de hachures d'or, côte à côte avec des émaux de Bernard Palissy, représentant des couleuvres, des grenouilles et des lézards en relief.

Des armoires éventrées s'échappaient des cascades de lampas glacé d'argent, des flots de brocatelle criblée de grains lumineux par un oblique rayon de soleil ; des portraits de toutes les époques souriaient à travers leur vernis jaune dans des cadres plus ou moins fanés.

Le marchand me suivait avec précaution dans le tortueux passage pratiqué entre les piles de meubles, abattant de la main l'essor hasardeux

des basques de mon habit, surveillant mes coudes
avec l'attention inquiète de l'antiquaire et de
l'usurier.

C'était une singulière figure que celle du marchand : un crâne immense, poli comme un genou,
entouré d'une maigre auréole de cheveux blancs
que faisait ressortir plus vivement le ton saumon
clair de la peau, lui donnait un faux air de bonho-
mie patriarcale, corrigée, du reste, par le scintille-
ment de deux petits yeux jaunes qui tremblotaient
dans leur orbite comme deux louis d'or sur du vif-
argent. La courbure du nez avait une silhouette
aquiline qui rappelait le type oriental ou juif. Ses
mains, maigres, fluettes, veinées, pleines de nerfs
en saillie comme les cordes d'un manche à violon,
onglées de griffes semblables à celles qui terminent
les ailes membraneuses des chauves-souris, avait un
mouvement d'oscillation sénile, inquiétant à voir ;
mais ces mains agitées de tics fiévreux devenaient
plus fermes que des tenailles d'acier ou des pinces
de homard dès qu'elles soulevaient quelque objet
précieux, une coupe d'onyx, un verre de Venise ou
un plateau de cristal de Bohême ; ce vieux drôle
avait un air si profondément rabbinique et cabalis-
tique qu'on l'eût brûlé sur la mine, il y a trois
siècles.

« Ne m'achèterez-vous rien aujourd'hui, monsieur ? Voilà un kriss malais dont la lame ondule
comme une flamme ; regardez ces rainures pour
égoutter le sang, ces dentelures pratiquées en sens

inverse pour arracher les entrailles en retirant le poignard ; c'est une arme féroce, d'un beau caractère et qui ferait très bien dans votre trophée ; cette épée à deux mains est très belle, elle est de Josepe de la Hera, et cette cauchelimarde à coquille fenestrée, quel superbe travail !

— Non, j'ai assez d'armes et d'instruments de carnage ; je voudrais une figurine, un objet quelconque qui pût me servir de serre-papier, car je ne puis souffrir tous ces bronzes de pacotille que vendent les papetiers, et qu'on retrouve invariablement sur tous les bureaux. »

Le vieux gnome, furetant dans ses vieilleries, étala devant moi des bronzes antiques ou soi-disant tels, des morceaux de malachite, de petites idoles indoues ou chinoises, espèce de poussahs de jade, incarnation de Brahma ou de Wishnou merveilleusement propre à cet usage, assez peu divin, de tenir en place des journaux et des lettres.

J'hésitais entre un dragon de porcelaine tout constellé de verrues, la gueule ornée de crocs et de barbelures, et un petit fétiche mexicain fort abominable, représentant au naturel le dieu Witziliputzili, quand j'aperçus un pied charmant que je pris d'abord pour un fragment de Vénus antique.

Il avait ces belles teintes fauves et rousses qui donnent au bronze florentin cet aspect chaud et vivace, si préférable au ton vert-de-grisé des bronzes ordinaires qu'on prendrait volontiers pour des statues en putréfaction : des luisants satinés frissonnaient sur ses formes rondes et polies par les baisers amoureux de vingt siècles ; car ce devait être un airain de Corinthe, un ouvrage du meilleur temps, peut-être une fonte de Lysippe !

« Ce pied fera mon affaire », dis-je au marchand, qui me regarda d'un air ironique et sournois en me tendant l'objet demandé pour que je pusse l'examiner plus à mon aise.

Je fus surpris de sa légèreté ; ce n'était pas un pied de métal, mais bien un pied de chair, un pied embaumé, un pied de momie : en regardant de près, l'on pouvait distinguer le grain de la peau et la gaufrure presque imperceptible imprimée par la trame des bandelettes. Les doigts étaient fins, délicats, terminés par des ongles parfaits, purs et transparents comme des agates ; le pouce, un peu séparé, contrariait heureusement le plan des autres doigts à la manière antique, et lui donnait une attitude dégagée, une sveltesse de pied d'oiseau ; la plante, à peine rayée de quelques hachures invisibles, montrait qu'elle n'avait jamais touché la terre, et ne s'était trouvée en contact qu'avec les plus fines nattes de roseaux du Nil et les plus moelleux tapis de peaux de panthères.

« Ha ! ha ! vous voulez le pied de la princesse Hermonthis, dit le marchand avec un ricanement étrange, en fixant sur moi ses yeux de hibou : ha ! ha ! ha ! pour un serre-papier ! idée originale, idée d'artiste ; qui aurait dit au vieux Pharaon que le pied de sa fille adorée servirait de serre-papier l'aurait bien surpris, lorsqu'il faisait creuser une montagne de granit pour y mettre le triple cercueil peint et doré, tout couvert d'hiéroglyphes avec de belles peintures du jugement des âmes, ajouta à demi-voix et comme se parlant à lui-même le petit marchand singulier.

— Combien me vendrez-vous ce fragment de momie?

— Ah! le plus cher que je pourrai, car c'est un morceau superbe; si j'avais le pendant, vous ne l'auriez pas à moins de cinq cents francs: la fille d'un Pharaon, rien n'est plus rare.

— Assurément cela n'est pas commun; mais enfin combien en voulez-vous? D'abord je vous avertis d'une chose, c'est que je ne possède pour trésor que cinq louis; — j'achèterai tout ce qui coûtera cinq louis, mais rien de plus.

« Vous scruteriez les arrière-poches de mes gilets, et mes tiroirs les plus intimes, que vous n'y trouveriez pas seulement un misérable tigre à cinq griffes.

— Cinq louis le pied de la princesse Hermonthis, c'est bien peu, très peu en vérité, un pied authentique, dit le marchand en hochant la tête et en imprimant à ses prunelles un mouvement rotatoire.

« Allons, prenez-le, et je vous donne l'enveloppe par-dessus le marché, ajouta-t-il en le roulant dans un vieux lambeau de damas; très beau, damas véritable, damas des Indes, qui n'a jamais été reteint; c'est fort, c'est moelleux », marmottait-il en promenant ses doigts sur le tissu éraillé par un reste d'habitude commerciale qui lui faisait vanter un objet de si peu de valeur qu'il le jugeait lui-même digne d'être donné.

Il coula les pièces d'or dans une espèce d'aumônière du Moyen Âge pendant à sa ceinture, en répétant:

« Le pied de la princesse Hermonthis servir de serre-papier ! »

Puis, arrêtant sur moi ses prunelles phosphoriques, il me dit avec une voix stridente comme le miaulement d'un chat qui vient d'avaler une arête:

« Le vieux Pharaon ne sera pas content, il aimait sa fille, ce cher homme.

— Vous en parlez comme si vous étiez son contemporain; quoique vieux, vous ne remontez cependant pas aux pyramides d'Égypte », lui répondis-je en riant du seuil de la boutique.

Je rentrai chez moi fort content de mon acquisition.

Pour la mettre tout de suite à profit, je posai le pied de la divine princesse Hermonthis sur une liasse de papier, ébauche de vers, mosaïque indéchiffrable de ratures: articles commencés, lettres oubliées et mises à la poste dans le tiroir, erreur qui arrive souvent aux gens distraits; l'effet était charmant, bizarre et romantique.

Très satisfait de cet embellissement, je descendis dans la rue, et j'allai me promener avec la gravité convenable et la fierté d'un homme qui a sur tous les passants qu'il coudoie l'avantage ineffable de posséder un morceau de la princesse Hermonthis, fille de Pharaon.

Je trouvai souverainement ridicules tous ceux qui ne possédaient pas, comme moi, un serre-papier aussi notoirement égyptien ; et la vraie occupation d'un homme sensé me paraissait d'avoir un pied de momie sur son bureau.

Heureusement la rencontre de quelques amis vint me distraire de mon engouement de récent acquéreur ; je m'en allai dîner avec eux, car il m'eût été difficile de dîner avec moi.

Quand je revins le soir, le cerveau marbré de quelques veines de gris de perle, une vague bouffée de parfum oriental me chatouilla délicatement l'appareil olfactif ; la chaleur de la chambre avait attiédi le natrum, le bitume et la myrrhe dans lesquels les *paraschites* inciseurs de cadavres avaient baigné le corps de la princesse ; c'était un parfum doux quoique pénétrant, un parfum que quatre mille ans n'avaient pu faire évaporer.

Le rêve de l'Égypte était l'éternité : ses odeurs ont la solidité du granit, et durent autant.

Je bus bientôt à pleines gorgées dans la coupe noire du sommeil ; pendant une heure ou deux tout resta opaque, l'oubli et le néant m'inondaient de leurs vagues sombres.

Cependant mon obscurité intellectuelle s'éclaira, les songes commencèrent à m'effleurer de leur vol silencieux.

Les yeux de mon âme s'ouvrirent, et je vis ma chambre telle qu'elle était effectivement : j'aurais pu me croire éveillé, mais une vague perception me disait que je dormais et qu'il allait se passer quelque chose de bizarre.

L'odeur de la myrrhe avait augmenté d'intensité, et je sentais un léger mal de tête que j'attribuais fort raisonnablement à quelques verres de vin de Champagne que nous avions bus aux dieux inconnus et à nos succès futurs.

Je regardais dans ma chambre avec un sentiment d'attente que rien ne justifiait ; les meubles étaient parfaitement en place, la lampe brûlait sur la console, doucement estampée par la blancheur laitcusc dc son globe dc cristal dépoli ; les aquarelles miroitaient sous leur verre de Bohême ; les rideaux pendaient languissamment : tout avait l'air endormi et tranquille.

Cependant, au bout de quelques instants, cet intérieur si calme parut se troubler, les boiseries craquaient furtivement ; la bûche enfouie sous la cendre lançait tout à coup un jet de gaz bleu, et les disques des patères semblaient des yeux de métal attentifs comme moi aux choses qui allaient se passer.

Ma vue se porta par hasard vers la table sur laquelle j'avais posé le pied de la princesse Hermonthis.

Au lieu d'être immobile comme il convient à un pied embaumé depuis quatre mille ans, il s'agitait, se contractait et sautillait sur les papiers comme une grenouille effarée : on l'aurait cru en contact avec une pile voltaïque ; j'entendais fort distinctement le bruit sec que produisait son petit talon, dur comme un sabot de gazelle.

J'étais assez mécontent de mon acquisition, aimant les serre-papiers sédentaires et trouvant peu naturel de voir les pieds se promener sans jambes, et je commençais à éprouver quelque chose qui ressemblait fort à de la frayeur.

Tout à coup je vis remuer le pli d'un de mes rideaux, et j'entendis un piétinement comme d'une personne qui sauterait à cloche-pied. Je dois avouer que j'eus chaud et froid alternativement ; que je sentis un vent inconnu me souffler dans le dos, et que mes cheveux firent sauter, en se redressant, ma coiffure de nuit à deux ou trois pas.

Les rideaux s'entrouvrirent, et je vis s'avancer la figure la plus étrange qu'on puisse imaginer.

C'était une jeune fille, café au lait très foncé, comme la bayadère Amani, d'une beauté parfaite et rappelant le type égyptien le plus pur ; elle avait des yeux taillés en amande avec des coins relevés et des sourcils tellement noirs qu'ils paraissaient bleus, son nez était d'une coupe délicate, presque grecque pour la finesse, et l'on aurait pu la prendre pour une statue de bronze de Corinthe, si la proéminence des pommettes et l'épanouissement un peu africain de la bouche n'eussent fait reconnaître, à n'en pas douter, la race hiéroglyphique des bords du Nil.

Ses bras minces et tournés en fuseau, comme ceux des très jeunes filles, étaient cerclés d'espèces d'emprises de métal et de tours de verroterie ; ses cheveux étaient nattés en cordelettes, et sur sa poitrine pendait une idole en pâte verte que son fouet à sept branches faisait reconnaître pour l'Isis, conductrice des âmes ; une plaque d'or scintillait à son front, et quelques traces de fard perçaient sous les teintes de cuivre de ses joues.

Quant à son costume, il était très étrange.

Figurez-vous un pagne de bandelettes chamarrées d'hiéroglyphes noirs et rouges, empesées de bitume et qui semblaient appartenir à une momie fraîchement démaillotée.

Par un de ces sauts de pensée si fréquents dans les rêves, j'entendis la voix fausse et enrouée du marchand de bric-à-brac, qui répétait, comme un refrain monotone, la phrase qu'il avait dite dans sa boutique avec une intonation si énigmatique :

« Le vieux Pharaon ne sera pas content ; il aimait beaucoup sa fille, ce cher homme. »

Particularité étrange et qui ne me rassura guère, l'apparition n'avait qu'un seul pied, l'autre jambe était rompue à la cheville.

Elle se dirigea vers la table où le pied de momie s'agitait et frétillait avec un redoublement de vitesse. Arrivée là, elle s'appuya sur le rebord, et je vis une larme germer et perler dans ses yeux.

Quoiqu'elle ne parlât pas, je discernais clairement sa pensée : elle regardait le pied, car c'était bien le sien, avec une expression de tristesse coquette d'une grâce infinie ; mais le pied sautait et courait çà et là comme s'il eût été poussé par des ressorts d'acier.

Deux ou trois fois elle étendit sa main pour le saisir, mais elle n'y réussit pas.

Alors il s'établit entre la princesse Hermonthis et son pied, qui paraissait doué d'une vie à part, un dialogue très bizarre dans un cophte très ancien, tel qu'on pouvait le parler, il y a une trentaine de siècles, dans les syringes du pays de Ser : heureusement que cette nuit-là je savais le cophte en perfection.

La princesse Hermonthis disait d'un ton de voix doux et vibrant comme une clochette de cristal :

« Eh bien ! mon cher petit pied, vous me fuyez toujours, j'avais pourtant bien soin de vous. Je vous baignais d'eau parfumée, dans un bassin d'albâtre ; je polissais votre talon avec la pierre-ponce trempée d'huile de palmes, vos ongles étaient coupés avec des pinces d'or et polis avec de la dent d'hippopotame, j'avais soin de choisir pour vous des thabebs brodés et peints à pointes recourbées, qui faisaient l'envie de toutes les jeunes filles de l'Égypte ; vous aviez à votre orteil des bagues représentant le scarabée sacré, et vous portiez un des corps les plus légers que puisse souhaiter un pied paresseux. »

Le pied répondit d'un ton boudeur et chagrin :

« Vous savez bien que je ne m'appartiens plus, j'ai été acheté et payé ; le vieux marchand savait bien ce qu'il faisait, il vous en veut toujours d'avoir refusé de l'épouser : c'est un tour qu'il vous a joué.

« L'Arabe qui a forcé votre cercueil royal dans le puits souterrain de la nécropole de Thèbes était envoyé par lui, il voulait vous empêcher d'aller à la réunion des peuples ténébreux, dans les cités inférieures. Avez-vous cinq pièces d'or pour me racheter ?

— Hélas ! non. Mes pierreries, mes anneaux, mes bourses d'or et d'argent, tout m'a été volé, répondit la princesse Hermonthis avec un soupir.

— Princesse, m'écriai-je alors, je n'ai jamais retenu injustement le pied de personne : bien que vous n'ayez pas les cinq louis qu'il m'a coûtés, je vous le rends de bonne grâce ; je serais désespéré de rendre boiteuse une aussi aimable personne que la princesse Hermonthis. »

Je débitai ce discours d'un ton régence et troubadour qui dut surprendre la belle Égyptienne.

Elle tourna vers moi un regard chargé de reconnaissance, et ses yeux s'illuminèrent de lueurs bleuâtres.

Elle prit son pied, qui, cette fois, se laissa faire, comme une femme qui va mettre son brodequin, et l'ajusta à sa jambe avec beaucoup d'adresse.

Cette opération terminée, elle fit deux ou trois pas dans la chambre, comme pour s'assurer qu'elle n'était réellement plus boiteuse.

« Ah ! comme mon père va être content, lui qui était si désolé de ma mutilation, et qui avait, dès le jour de ma naissance, mis un peuple tout entier à l'ouvrage pour me creuser un tombeau si profond qu'il pût me conserver intacte jusqu'au jour suprême où les âmes doivent être pesées dans les balances de l'Amenthi.

« Venez avec moi chez mon père, il vous recevra bien, vous m'avez rendu mon pied. »

Je trouvai cette proposition toute naturelle ; j'endossai une robe de chambre à grands ramages, qui me donnait un air très pharaonesque ; je chaussai à la hâte des babouches turques, et je dis à la princesse Hermonthis que j'étais prêt à la suivre.

Hermonthis, avant de partir, détacha de son col la petite figurine de pâte verte et la posa sur les feuilles éparses qui couvraient la table.

« Il est bien juste, dit-elle en souriant, que je remplace votre serre-papier. »

Elle me tendit sa main, qui était douce et froide comme une peau de couleuvre, et nous partîmes.

Nous filâmes pendant quelque temps avec la rapidité de la flèche dans un milieu fluide et grisâtre, où des silhouettes à peine ébauchées passaient à droite et à gauche.

Un instant, nous ne vîmes que l'eau et le ciel.

Quelques minutes après, des obélisques commencèrent à pointer, des pylônes, des rampes côtoyées de sphinx se dessinèrent à l'horizon.

Nous étions arrivés.

La princesse me conduisit devant une montagne de granit rose, où se trouvait une ouverture étroite

et basse qu'il eût été difficile de distinguer des fis-
sures de la pierre si deux stèles bariolées de sculptures ne l'eussent fait reconnaître.

Hermonthis alluma une torche et se mit à marcher devant moi.

C'étaient des corridors taillés dans le roc vif ; les
murs, couverts de panneaux d'hiéroglyphes et de
processions allégoriques, avaient dû occuper des
milliers de bras pendant des milliers d'années ; ces
corridors, d'une longueur interminable, aboutis-
saient à des chambres carrées, au milieu desquelles
étaient pratiqués des puits, où nous descendions au
moyen de crampons ou d'escaliers en spirale ; ces
puits nous conduisaient dans d'autres chambres,
d'où partaient d'autres corridors également
bigarrés d'éperviers, de serpents roulés en cercle,
de tau, de pedum, de bari mystiques, prodigieux
travail que nul œil humain vivant ne devait voir,
interminables légendes de granit que les morts
avaient seuls le temps de lire pendant l'éternité.

Enfin, nous débouchâmes dans une salle si vaste,
si énorme, si démesurée, que l'on ne pouvait en
apercevoir les bornes ; à perte de vue s'étendaient
des files de colonnes monstrueuses entre lesquelles
tremblotaient de livides étoiles de lumière jaune :
ces points brillants révélaient des profondeurs
incalculables.

La princesse Hermonthis me tenait toujours par
la main et saluait gracieusement les momies de sa
connaissance.

Mes yeux s'accoutumaient à ce demi-jour crépusculaire, et commençaient à discerner les objets.

Je vis, assis sur des trônes, les rois des races souterraines : c'étaient de grands vieillards secs, ridés, parcheminés, noirs de naphte et de bitume, coiffés de pschents d'or, bardés de pectoraux et de haussecols, constellés de pierreries avec des yeux d'une fixité de sphinx et de longues barbes blanchies par la neige des siècles : derrière eux, leurs peuples embaumés se tenaient debout dans les poses roides et contraintes de l'art égyptien, gardant éternellement l'attitude prescrite par le codex hiératique ; derrière les peuples miaulaient, battaient de l'aile et ricanaient les chats, les ibis et les crocodiles contemporains, rendus plus monstrueux encore par leur emmaillotage de bandelettes.

Tous les Pharaons étaient là, Chéops, Chephrenès, Psammetichus, Sésostris, Amenoteph ; tous les noirs dominateurs des pyramides et des syringes ; sur une estrade plus élevée siégeaient le roi Chronos et Xixouthros, qui fut contemporain du déluge, et Tubal Caïn, qui le précéda.

La barbe du roi Xixouthros avait tellement poussé qu'elle avait déjà fait sept fois le tour de la table de granit sur laquelle il s'appuyait tout rêveur et tout somnolent.

Plus loin, dans une vapeur poussiéreuse, à travers le brouillard des éternités, je distinguais vaguement les soixante-douze rois préadamites avec leurs soixante-douze peuples à jamais disparus.

Après m'avoir laissé quelques minutes pour jouir de ce spectacle vertigineux, la princesse Hermonthis me présenta au Pharaon son père, qui me fit un signe de tête fort majestueux.

« J'ai retrouvé mon pied ! j'ai retrouvé mon pied ! criait la princesse en frappant ses petites mains l'une contre l'autre avec tous les signes d'une joie folle, c'est monsieur qui me l'a rendu. »

Les races de Kemé, les races de Nahasi, toutes les nations noires, bronzées, cuivrées, répétaient en chœur :

« La princesse Hermonthis a retrouvé son pied ! »

Xixouthros lui-même s'en émut :

Il souleva sa paupière appesantie, passa ses doigts dans sa moustache, et laissa tomber sur moi son regard chargé de siècles.

« Par Oms, chien des enfers, et par Tmeï, fille du Soleil et de la Vérité, voilà un brave et digne garçon, dit le Pharaon en étendant vers moi son sceptre terminé par une fleur de lotus.

« Que veux-tu pour ta récompense ? »

Fort de cette audace que donnent les rêves, où rien ne paraît impossible, je lui demandai la main d'Hermonthis : la main pour le pied me paraissait une récompense antithétique d'assez bon goût.

Le Pharaon ouvrit tout grands ses yeux de verre, surpris de ma plaisanterie et de ma demande.

« De quel pays es-tu et quel est ton âge ?

— Je suis Français, et j'ai vingt-sept ans, vénérable Pharaon.

— Vingt-sept ans ! et il veut épouser la princesse Hermonthis, qui a trente siècles ! » s'écrièrent à la fois tous les trônes et tous les cercles des nations.

Hermonthis seule ne parut pas trouver ma requête inconvenante.

« Si tu avais seulement deux mille ans, reprit le vieux roi, je t'accorderais bien volontiers la princesse ; mais la disproportion est trop forte, et puis il faut à nos filles des maris qui durent, vous ne savez plus vous conserver : les derniers qu'on a apportés il y a quinze siècles à peine, ne sont plus qu'une pincée de cendre ; regarde, ma chair est dure comme du basalte, mes os sont des barres d'acier.

« J'assisterai au dernier jour du monde avec le corps et la figure que j'avais de mon vivant ; ma fille Hermonthis durera plus qu'une statue de bronze.

« Alors le vent aura dispersé le dernier grain de ta poussière, et Isis elle-même, qui sut retrouver les morceaux d'Osiris, serait embarrassée de recomposer ton être.

« Regarde comme je suis vigoureux encore et comme mes bras tiennent bien », dit-il en me secouant la main à l'anglaise, de manière à me couper les doigts avec mes bagues.

Il me serra si fort que je m'éveillai, et j'aperçus mon ami Alfred qui me tirait par le bras et me secouait pour me faire lever.

« Ah ça ! enragé dormeur, faudra-t-il te faire porter au milieu de la rue et te tirer un feu d'artifice aux oreilles ?

« Il est plus de midi, tu ne te rappelles donc pas que tu m'avais promis de venir me prendre pour aller voir les tableaux espagnols de M. Aguado?

— Mon Dieu! je n'y pensais plus, répondis-je en m'habillant ; nous allons y aller : j'ai la permission ici sur mon bureau. »

Je m'avançais effectivement pour la prendre ; mais jugez de mon étonnement lorsqu'à la place du pied de momie que j'avais acheté la veille, je vis la petite figurine de pâte verte mise à sa place par la princesse Hermonthis !

Composition IGS-CP
Impression Novoprint
à Barcelone, le 30 août 2021
Dépôt légal : août 2021
1ᵉʳ dépôt légal dans la collection : avril 2011

ISBN 978-2-07-044362-8./Imprimé en Espagne.

404245